La
Pierre
qui
Tremble

Pierre Boileau

論創海外ミステリ
Ronso Kaigai
MYSTERY
184

震える石

ピエール・ボアロー

佐藤絵里 ⊃ 訳

論創社

La Pierre qui Tremble
1934
by Pierre Boileau

目次

主要登場人物

アンドレ・ブリュネル……………パリの探偵
ドゥニーズ・セルヴィエール……二十歳のパリジェンヌ
ジャック・ド・ケルヴァレク……ドゥニーズの婚約者。二十歳
シャルル・ド・ケルヴァレク……ジャックの父。〈震える石〉の当主
ニコル医師……………………ケルヴァレク家の友人
イヴォン………………………ケルヴァレク家の使用人
アネット………………………ケルヴァレク家の女中でイヴォンの婚約者
ゴンタール……………………ブレストの予審判事
マリー・カルヴェス……………ロキレック在住の老女

震える石

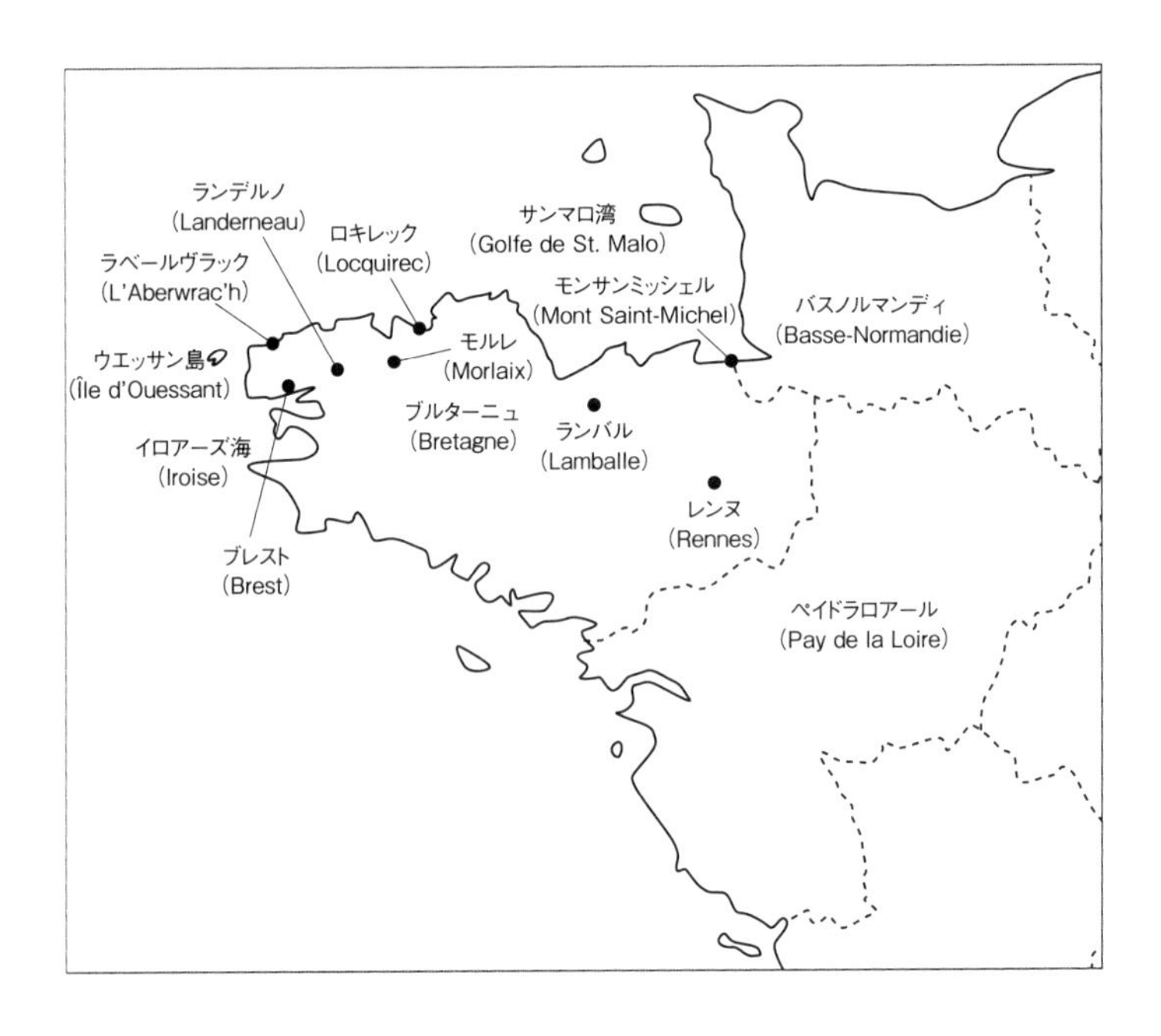
ランデルノ
(Landerneau)
ロキレック
(Locquirec)
サンマロ湾
(Golfe de St. Malo)
ラベールヴラック
(L'Aberwrac'h)
モンサンミッシェル
(Mont Saint-Michel)
バスノルマンディ
(Basse-Normandie)
ウエッサン島
(Île d'Ouessant)
モルレ
(Morlaix)
ブルターニュ
(Bretagne)
ランバル
(Lamballe)
イロアーズ海
(Iroise)
レンヌ
(Rennes)
ブレスト
(Brest)
ペイドラロアール
(Pay de la Loire)

第一章　パリーブレスト急行にて

「レンヌ！　十分間の停車です。駅には食堂がございます」

車内放送で飛び起きたアンドレ・ブリュネルは、何秒か経ってから、ようやく自分がどこにいるか思い出した。夜気は冷たく、震えをこらえて立ち上がると、あくびをしながら窓へ近づいた。

窓ガラスの隅を青いカーテンで拭い、駅の時計で時間を確かめる。

再び座席に身を横たえる。

「あと五時間でブレストに到着、十時間後にはウエッサン島か」

島の名を口にするだけで嬉しいらしく、声に出して何度も繰り返す。

「ウエッサン！」

ウエッサン。まだ若いがすでに名高い探偵アンドレ・ブリュネルにとって、その名は安らぎを意味する。

毎年同じ時期、六月末に、どんなに大事な仕事があろうと、誰にも居場所を知らせずに姿をくらまし、「自分の」島へこもるのだ。

ごく親しい友人にさえ、滞在先を教えない。

一年のうち十一カ月間仕事に打ち込むからこそ、俗世間から遠く離れて過ごすヴァカンスの間だけは、パリを思い出させるものはいっさい目にしたくない。

手紙は受け取らず、どんな新聞も読まず、島で行き会うわずかな観光客をも疫病のように避ける。

話し相手は子供たちと、思い出話に事欠かない引退した船乗りたちだけだ。

釣りと、海水浴と、一人きりの長い散歩だけが日課となる。

間借りしているのはある船乗りの母親宅で、村で最もつましい家だ。

夕方になると、パイプを吹かし、小さな黒い羊たちの鳴き声を聞きながら、その年老いた母親が網を修理するのを手伝う。

解毒（デトックス）のための静養が終わると、思い残すことなくパリへ戻る。そして、喜々として冒険と危険を求めてかけずり回る——ほんの一カ月前には、それらを避けるために、同じくらい喜々として島へ向かったのに。

「ビールにサンドイッチ、レモネードはいかがですかぁ」

「……枕はご入用ではありませんか？　毛布もございます」

遠くで発車の合図がし、車輪がきしむ。

ドアが閉まる音。列車が動き出す。

アンドレ・ブリュネルは再びまどろんだ。

ドアが開き、光が射す。「失礼」というくぐもった声。

ブリュネルには闖入者の姿が、一瞬だがかろうじて見えた。フェルト帽を目深に被り、黒っぽいコートの襟を立てていた。男はもう通路を遠ざかっている。

(どうも怪しいやつだ!)

急に明かりを見たせいで、ブリュネルはすっかり目が覚めてしまった。毛布を押しのけ、立ち上がる。いつもの癖で体を少し動かしてほぐし、荷物棚に手を掛けて背筋をしっかり伸ばす。

「よし、絶好調だ。煙草でも吸うか」

今度は自分でドアを横に引いたが、その瞬間、足が止まった。

数歩先で、ブリュネルの休息を邪魔した不届き者が別のコンパートメントから出てきた。

「あいつは全員を起こすつもりらしいな」探偵は苦々しくつぶやいた。

実際、男は後方をサッと見てから、新たなドアに近づいた。

男は片手を伸ばし、明かりのスイッチを入れ、何か口ごもりながらスイッチを切った。

ブリュネルは彼から目を離さない。

(捜しているのがきれいな女性なら、手助けしてやってもいいが)

だが、すぐに自分自身をたしなめる。

(馬鹿だな、忘れたのか? ヴァカンス中だぞ)

見知らぬ男はコンパートメントをしらみつぶしに調べていく。とうとう一等車の端まで来た。

慣れた手つきで最後のドアを開け、明かりを数秒間こうこうとつけてから、コンパートメントのドアを元どおりに閉めた。

ブリュネルは不安になった。

男が別の車両へ向かうなら、後を追おう。不審な挙動がどうも気にかかる。だが、不審者は先へ進む気配がない。両手をコートのポケットに突っ込み、頭を低くし、考えているか、何かを待っているかのようだ。

ブリュネルは男の顔を確かめようとしたが、無駄だった。深く下ろした帽子のつばと高く立てた襟の間から垣間見えたのは、異様に光る眼差しだけだった。

そのまま十分ほどが過ぎ、列車が速度を緩めたのを機に、探偵は退屈な見張りを切り上げようとした。

そのとたん、男がこの減速を待っていたように見えた。何かが起こる予感がする。

背筋を伸ばした男の肩の動きからは、強い決意が見てとれた。男は左手をポケットから出すと、端のコンパートメントのドアを再び引き、今度は照明を常夜灯にしたまま入っていった。

アッという間の出来事だった。アンドレ・ブリュネルは不安に胸を締めつけられ、ほかには何も感じられなくなった。

端のコンパートメントまで大股で進み、怪しい男が背後で閉めたばかりのドアを思い切り開ける。

座席の上で女性がもがいていた。男は片手で彼女の喉を押さえつけ、もう片方の手で頭上に短剣を振りかざしている。細長い刃がぎらりと青く光る。

ブリュネルは突進した。

二人は激しくぶつかり合う。だが、悪漢は明らかに力で劣った。一分と経たないうちに取り押さえられ、肋骨を砕けんばかりに締めつけられて息も絶え絶えとなった。

だが、不意にブリュネルが手を離した。

男が短剣を彼の手に突き立てたのだ。

「あ！　畜生」

痛みのせいでブリュネルは一瞬、身がすくんだ。男が通路に飛び出す。

後を追ってコンパートメントの外に出ると、逃げた男はすでに車両の反対の端にいた。男がドアを開く。

補修工事中の線路で速度を落とした列車が、再び加速し始める。男はステップから飛び下りた。

ブリュネルが昇降口にたどり着いたとき、黒い人影が土手の下で起き上がり、闇に消えた。

ブリュネルは躊躇した。

やはり、もう遅かった。急行列車はすでに通常の速度に戻っている。飛び下りるのは自殺行為だ。

ブリュネルはステップを二段上がり、通路に戻る。相変わらず通路に人影はない。車両内の客はまばらで、誰も事件に気づいていない。

ドアを閉めるとき、足元に小さな四角い厚紙が落ちているのが目に留まった。

機械的にそれを拾い上げ、見もせずにとりあえず財布に入れた。そして足早に、襲撃のあったコンパートメントへ引き返した。

＊＊＊

若い娘がコンパートメントの片隅に身を縮め、体中を震わせている。

二十歳くらいだろうか。金髪、青い目、小さな口。顔色が青白いだけに唇が一滴の血のように見え、顔はひどくゆがんでいるにもかかわらず、美しさが損なわれていない。

「怪我はありませんでしたか？」

「ええ。でも、あなたのほうが。まあ！　手が、お気の毒に」

ブリュネルは自分の指を見た。たしかに、白い肌がまったく見えない。

「まるで肉屋の手だ」と冗談を言ってから、悔しそうにつけ加えた。

「今からでも追いかけることはできます。賊からはだいぶ離れましたが！」

彼は迷いながら非常ベルを見た。娘が首を振る。

「無駄ですわ。だいぶ離れてしまったのでしょう。それに、大事（おおごと）になります」

大事？

たしかに彼女の言うとおりだ。届け出をし、書類を書かなくてはいけない。ブリュネルはその煩わしさをいやというほど知っている。

ヴァカンスはどうなる？　ウエッサンは？

若い娘は旅行鞄からポーチを取り出し、命の恩人の手をハンカチで縛った。

「お嬢さん、そんなに震えていては、ちゃんと結べないんじゃありませんか」とブリュネルは微笑みながら言った。

「本当に、私……」

腕の中に倒れこんだ彼女を、ブリュネルは抱きとめた。今度は彼が看護する番だった。

＊＊＊

「ランバル！……ランバルに到着……」

「サンドイッチにビール、レモネードはいかが」

まるで何もなかったかのように、二人はすぐに打ち解け、知り合うきっかけとなった事件には触れずに努めて明るく振る舞った。

旅の道連れを元気づけるため、ブリュネルは会話を始めたときから、気がかりだったことを心の隅に追いやっていた。けれども、そのとってつけたような陽気さよりも、彼の名前と身元を知ったおかげで、若い娘は安堵した。この人が護衛をしてくれるなら、恐れる必要などないではないか。

「あなたの顔色と私の手の包帯を見なければ、さっきのささいな出来事など忘れてしまいそうですよ」

彼女は吹き出した。

「ささいな出来事ですって！　慣れっこなんですね」

「なにしろ何でもありの仕事ですから」

「それで、さっきの人は？　追いはぎでしょう。私のお金が目当てだったのですね」

「残念ながら違うようです、お嬢さん。あいつはあなたを行き当たりばったりに襲ったのではないことをお忘れなく。彼はあなたを捜していました。お金なら……隣のコンパートメントに二万フランは下らないイヤリングをしたアメリカ人の老婦人が乗っていますが、奴は目もくれませんでした」

「だから……？」

「だから、あなたについて教えてください、お嬢さん」

「わかりました。名前はドゥニーズ・セルヴィエールと申します。二十歳です。パリに住んでいます。一昨日、ピアノコンクールで優勝し、三カ月後にはジャック・ド・ケルヴァレクの妻になります。世界一幸せな女ですわ」

「ご婚約に優勝、重ねておめでとうございます、マドモアゼル・セルヴィエール。ご家族は？」

「母は教師で、授業があるためパリに残っておりますけれど、あと数週間したらあちらで合流する予定です」

「あちら？」

「ラベールヴラックの北のとても小さな村から三百メートルほどのところに、古い塔のある館があり、〈震える石〉と呼ばれていますの。そこで九月末にジャック・ド・ケルヴァレクとドゥニーズ・セルヴィエールが結婚式を挙げます。花嫁側の立会人は、探偵のアンドレ・ブリュネルさんよ」

ブリュネルは笑いをこらえきれなかった。それでも、この若い娘がわざと陽気に振る舞っていることを見抜いた。饒舌な言葉とは裏腹な気持ちは隠しきれない。

「〈震える石〉？」

「おかしな名でしょう？　説明が必要ですね。庭園の門の上のペディメント（破風）に大きな石がはめこまれていて、扉を開けるたびに動いて、頭の上に落ちてきそうに見えますの。あの辺りでは有名な館です。

ブルターニュで過ごす十二回目の、いちばん楽しいヴァカンスになりますわ！　そうそう、まだお話ししていませんでしたけれど、館で働いているアネットとイヴォンも私たちと同じ日に結婚しますの。素敵でしょう」

「マドモアゼル・ドゥニーズ・セルヴィエール、〈震える石〉とそこに住む方々の話は、また後で聞きましょう。今はとにかく休まなくてはいけません」

アンドレ・ブリュネルはセルヴィエール嬢を無理に座席の上に横たわらせた。そして、自分は片隅に身を落ち着けた。

包帯を巻いた手をポケットに入れ、苦心して煙草を探す。

「これからは両方のポケットに入れておくことにしよう」

第二章　小さな厚紙

ブレストに到着。

アンドレ・ブリュネルは身軽に地面に飛び下りると、ドゥニーズが列車から降りるのに手を貸した。

ホームでは、乗ってきた車両の乗降口の位置ぴったりに青年がたたずみ、幸福に満ちた眼差しでドアをじっと見ている。

「ドゥニーズ！」

「ジャック！」

婚約者たちが互いの腕の中に飛び込む。だが、若い娘はすぐに身を離した。

「ジャック、こちらはアンドレ・ブリュネルさんよ」

青年の瞳が見開かれる。ひどく驚いた顔で、差し出された手を握った。

「ブリュネルさんって、パリの探偵の？」

「そのとおりよ。ねえ、ジャック、この方にどれだけご恩があるか知ったら、抱きついてお礼が言いたくなるくらいだわ」

ジャック・ド・ケルヴァレクはますます面くらい、名高い探偵を頭のてっぺんから足の先まで眺める。

「ブリュネルさんがいらっしゃらなければ、哀れなドゥニーズは今あなたの傍にいなかったのよ、ジャック。そして、もう二度と、二度と……」

胸が詰まって、言葉が途切れる。その様子を見て、青年は顔をひどくこわばらせた。婚約者を胸にひしと抱き、不安のあまり震える声で尋ねる。

「どういうことだい、ドゥニーズ？　事故でもあったの？」

「それどころじゃないの、聞いて」

ドゥニーズが途切れ途切れに襲撃事件について語る。話がまだ終わらないうちに、青年のまつ毛には大粒の涙がたまった。

アンドレ・ブリュネルは数歩離れたところから二人を温かく見守った。

（いやはや、絵になるカップルだな。そのうえ、彼はドゥニーズ嬢に首っ丈と見た！　本当に、間一髪で助けられてよかった）

痩身できれいに髭をそったジャック・ド・ケルヴァレクは二十歳くらいだろうか。明るい栗色の髪の毛、活き活きした肌、ピンク色の頬は、典型的なスポーツマンタイプのイギリス人学生のように見える。

ドゥニーズが話を終えるやいなや、ジャックはブリュネルに駆け寄り、凶刃を免れたほうの手を両手で力強く握った。大げさな感情表現が苦手なブリュネルがさりげなく手を離さなければ、いつまでも握り続けていたに違いない。

「いやいや、あの場にいれば、誰でも同じことをしましたよ」

ジャックは首を振り、重々しく言う。

「ブリュネルさん、あなたは僕の幸福……いや、幸福ばかりか……人生の恩人です！　ご恩はけっして忘れません」

ジャックは一瞬言葉を切り、ブリュネルの無事なほうの手を再びとって言った。

「ご一緒に〈震える石〉へまいりましょう」

ブリュネルは申し訳なさそうに言い訳する。

「それは無理なのです……あちらで待っている人がいるので。後日、都合が許せば、素敵な婚礼のご招待には喜んであずかりますよ」

婚約者たちの落胆した顔を見て、ブリュネルは思わず笑った。

「とにかく、結婚式にはいらっしゃると約束してくださいましね」

「お約束しますよ、マドモアゼル・ドゥニーズ」

ゆっくりと歩いて、出口まで来た。ジャックが歩道に寄せて停めた小型車を指して言う。

「本当に、お乗りになりませんか?」

その問いはブリュネルの耳に入らなかった。

広場に吹く強い風の匂いを鼻孔いっぱいに吸い込んだとたんに、傍らの友人たちを忘れてしまったのだ。

ブリュネルの心はすでに、あの素朴な島へ向かっていた。そこには静寂と、自然に抱かれた暮しが待っていて、幼い頃のわくわくする気持ちがおのずと蘇る。

しばらくしてから、ようやくわれに返った。

「ああ！　失礼しました」

若い二人は笑みを浮かべて彼を見ている。

「しつこくお誘いしても無駄なようですね」とジャックが言う。「たとえ王国を一つ差し上げますと言っても、予定を変えるおつもりはなさそうだ」

「上手いたとえですな……。あと三十分ほどで船が出るはずです」

二人はいま一度、指の節も砕けんばかりに彼の手をきつく握って礼を言った。

「お手紙をくださいな……住所を教えてくださいね……結婚式をどうぞお忘れなくね」

エンジンが音を立てる。

「約束しますよ」

ブリュネルは遠ざかる自動車を見送った。

「まったく、われながらつきあいの悪いやつだ！」

急ぎ足で商港へ向かう。歩きながら独りつぶやく。

「アンドレ、よくやったぞ。ヴァカンスの出だしは上々じゃないか。よく働いたよ。ここまでにしておこう。あんな面倒はもう沢山だ。さあ、一人きりで、釣りをして、海水浴をして……ゆっくり休もうじゃないか」

税関埠頭に着いた。言い知れない喜びを胸に、これから乗る小さな汽船を眺める。

水夫たちがコンテナを吊り上げている。黒ずくめの服で髪の毛を背中に垂らした大柄な女性がタラップを上り始める。

「やはり地下鉄(メトロ)とは大違いだ」

感慨にふけるのをやめて、切符売り場へ向かう。窓口で財布を開けた。

切手を入れる仕切りから小さな厚紙がはみ出している。暴漢が逃げ去った後、列車の通路で拾ったものだ。

紙幣を一枚抜き出すと同時に、機械的にその拾い物を手に取った。

そのとたん、表情が険しくなった。窓口に差し出した手を引っ込める。

「どうしたんですか?」後ろに並んだ人が尋ねる。

ブリュネルは順番を譲って列を離れた。目は小さな厚紙に釘づけだ。

それは鉄道の切符、正確には往復切符の復路用だった。

切符にはレンヌ―ブレストと印刷されている。

行き交う人とぶつかるが、ブリュネルは何も感じない。

「レンヌ―ブレスト、レンヌ―ブレスト、しかも復路だ。ということは……」

そう繰り返しながら、何歩か歩いた。

「ということは、賊はこのブレストから来た」

埠頭と汽船を結ぶタラップに近づく。

「切符の日付は昨日だ。あいつは同じ日に往復した。わざわざブレストからレンヌへ来た……わざわざ」

出航のサイレンが鳴る。金筋入りの帽子を被った太った男が舷側の手すりに身をもたせ、パイプの中身を海へ捨てた。

「あの凶悪犯はここから来た。凶悪犯はここにいる……。それなのに、俺はあの娘を行かせてしまった。哀れなドゥニーズ！」

一人の船員がブリュネルにぶつかると、細いタラップを二歩で駆け上り、甲板に飛び移った。

汽船が揺れる。黄色い煙突がもくもくと煙を吐く。

ブリュネルは小さな厚紙を見る。

またサイレンが鳴る。

むき出しの腕が伸び、その手がタラップをつかんで引き上げ、埠頭から離した。汽船が動き出す。

まだ時間はある。埠頭と船の間は狭い。一跳びすれば……。

「凶悪犯がここにいる」

最後のサイレンが響いた。

……ウェッサン島のクレアック岬、スティフ灯台、髪を風になびかせた女たち、小さな黒い羊……そして、俺のヴァカンス！

船は速度を上げる。すぐに倉庫の陰に入って見えなくなった。

「ウェッサンよ、さらば……ケナーヴォ！（「さようなら」を意味するブルトン語）」

胸の張り裂けるようなため息をつき、アンドレ・ブリュネルは波止場に背を向けた。

第三章　〈震える石〉

かつての城館は一四八八年、ブルターニュ公フランソワ二世の逝去により再燃したブルターニュ公国とフランス王国との戦争でことごとく破壊され、跡には石の塊がいくつか残るだけだった。その上に再建されたのが、居住棟の左に奇妙な塔のある館で、庭園の門の上部を飾るペディメントに重い石がはめ込まれていた。館の風変わりな呼び名は、このグラグラと動く石に由来する。

門を開くと、百メートルほど先に館が見え、そこまで松並木に縁取られた広い道が続く。

庭園には羊歯（しだ）とハリエニシダが生い茂り、あちらこちらで薮になって行く手をふさぐ。多数の小道がつけられているが、通り抜けできない箇所も少なくない。

館の建物は昔ながらに「城館（シャトー）」と呼ばれているものの、百年以上前に見栄っ張りな主が気まぐれに補修を施した塔を除けば、破壊された壮大な城館の面影はまったく残っていない。

館は地味な二階建てで、正面（ファサード）は白く、塔と同じくらいの高さだ。塔の武骨で重厚な外観はうまい具合にすでに古色を帯び、礎石となった古い石はもはや再建部分の石壁と見分けがつかない。

塔に隣接する館の外壁が真っ白に塗られているので、その奇妙なコントラストに、「シャトー」を初めて訪れる人は皆、驚く。

〈震える石〉の当主、シャルル・ド・ケルヴァレク伯爵はかなり早くに妻に先立たれたが、再婚していない。

この物語が始まる頃には五十歳近かったが、四十代にも見えないほどだった。

長身でたくましく、男らしい顔は潮風にさらされた褐色で、物腰にも服装にもまったく飾り気がないにもかかわらず、堂々たる品格が感じられる。

海岸をそぞろ歩く伯爵の長身のシルエットを知らない漁師はなかったが、その声を聞いたことがあると自慢できる者はごく少数だった。

伯爵はひどく控えめで、口数が少なく、用がなければほとんどしゃべらなかった。

冷ややかな態度はどうしても傲慢と受け取られがちだ。気取らない人柄が徐々に一帯で知られるようになってきたとはいえ、人との交わりを求めないせいもあり、住民からは親しみというより敬意を抱かれていた。

館に出入りする数少ない友人の一人で、この地で開業している年配のニコル医師によれば、館の主は塔で寝起きし、二階を寝室、一階を書斎に設えているらしい。

そのほかにも奇矯な点は枚挙にいとまがなく、ことに人目を引くほど揺れる大きな石を放置しているため、伯爵は「変わり者」とあだ名されていた。館に暮らす者たちまで親しみを込めてそう呼ぶし、本人もそれを大いに面白がっている。

気前がよく親切なジャック・ド・ケルヴァレクは地元でとても人望があり、彼を悪く言う者は誰もいない。

貧しい住民のなかでジャックに恩義を感じていない者は稀だ。

村に一本しか通っていない道路にジャックの車が入っていくと、誰もが家から出てきて、車中の婚約者たちに挨拶した。

子供たちはお小遣いをくれるきれいなお嬢さんを覚えていて、声を上げながら車の後を追いかける。

村はずれから二軒目の紫陽花（あじさい）が咲く質素な平屋に着くと、ジャックは車を停めてクラクションを二度鳴らした。

すぐに扉が開き、白い髭を生やして眼鏡をかけた小柄な男性が出てきた。年に似合わぬ身軽さで自動車のステップまで一跳びすると、一緒に家から出てきた小さな黒い雌犬もたちまちそれを真似た。

「かわいいドゥニーズや」

「ニコル先生、お久しぶり」

老医師はドゥニーズと優しくキスを交わすと、遠慮なく車のドアを開け、若い二人の後ろに乗り込んだ。

「さて、いよいよ大事な日を迎えるんじゃな」

ドゥニーズが振り向いて医師の顔を正面から見る。

「そうですわ。三カ月後には、奥さん（マダム）と呼んで下さいね」

その言葉に医師が吹き出す。

「いや、まさか！　ずっとドゥニーズと呼ぶよ。わしにとってあなたはいつまでも、あの晩、ママンの腕に抱かれてやって来た八歳の女の子のままじゃ……」

「ええ、先生が喉頭炎を治してくださったのですね。もう昔のことですわ。ほとんど覚えていませんもの」

「もうじき十二年になるな。わしはここで開業したばかりだった。あれはマダム・セルヴィエールがブルターニュで過ごした最初のヴァカンスじゃったかな」

「そのとおりですわ。その頃はまだジャックを知りませんでした」

　ドゥニーズは婚約者の髪をいとおしげに手でくしけずる。医師の小さな犬がその手をなめようとするが届かない。

　彼女は犬を膝の上に乗せた。

「ミルザちゃん、あなたもお友達を忘れていないのね。お利口にしてね、三カ月後には、あなたもパーティーに出るんだから」

　そうこうするうちに、自動車は村と館の境にある鬱蒼（うっそう）とした樅（もみ）の森を抜けた。館の敷地は高い塀に囲まれている。

　シャツ姿の若い男が門の重い扉を開けた。ペディメントで例の大きな石が揺れる。エンジン音が聞こえると、男は車のほうへ駆け出した。

「いらっしゃいませ、ドゥニーズ様」

「こんにちは、イヴォン。久しぶりね。アネットは？」

車はゆっくりと庭園内を進む。門の左手に門番小屋があり、右手には鉄筋入りセメントでできた見栄えの悪い車庫が、幸いにもすっかり蔦(つた)に覆われて建っている。

ドゥニーズが門番小屋を指さす。

「イヴォン、一人暮らしも、もうすぐおしまいね」

イヴォンはうっすらと頬を赤くした。

「ええ……『私たちの』結婚式までです、ドゥニーズ様」

自動車は、館へ真っ直ぐに続く広い道を瞬く間に通り抜けた。二階の窓に白い頭巾を被った若い女中が寄りかかり、歓迎のしるしに羽根はたきを頭上で振っている。

塔の扉が開く。出てきた伯爵の頬はひげ剃り用の石鹸の泡に半ば覆われていた。

車が完全に停止するのを待たずに、ドゥニーズが飛び降りて、未来の義父が広げた両腕の中に飛び込んだ。

＊＊＊

十五分後、テーブルに着いて大きなカフェオレ・ボールを前にしたドゥニーズが、旅行中の事件を語った。

その話がどんな反応を引き起こしたかは言うまでもない。

事件の話になったとたん、伯爵も老医師も顔面蒼白になった。ジャックはこの件についてすでに事細かに知っているにもかかわらず、激しい震えにとらわれた。震えがようやく収まったのは、婚約者がアンドレ・ブリュネルの名を口にしたときだった。

ドゥニーズが話し終えると、伯爵が「アンドレ・ブリュネル」と繰り返した。「そいつはすごい！　三日前に彼についての記事を読んだばかりだよ……」

「それで、記者が大げさに書いているんだ、なんて話していたんだよね」とジャックが興奮を抑えきれずに声を上げる。

「そうね、ブリュネルさんはご自分でもそうおっしゃるに違いないわ」とドゥニーズが言う。「あの場にいたら誰だって同じことをしただろうって、謙遜なさるんですもの」

「そんなすばらしい人をなぜ連れてきてくれなかったのかね」と、今度はニコル医師が言う。「わしの思い違いでなければ、この家にはたいがい空いている客用の寝室があるじゃろう。またとない機会だったのに」

「そうなんです！　僕たちだって、是非にとお誘いしたんですよ」ジャックが笑いながら年配の友人に言葉を返す。「でも、アンドレ・ブリュネルさんは勇敢で控えめであるだけでなく、頑固な方なんです。どうしても一緒に来てくれなくて」

伯爵が重々しく首を振った。

「重ね重ね残念だな。きっと貴重な意見を聞かせてくれただろうに」

昼食までずっと、館の住人たちは襲撃について話し、数えきれないほどの推論を出し合った。

食後、ニコル医師は往診に出かけ、ドゥニーズは伯爵と婚約者と共に海辺を少し散歩した。

庭園の裏手に低い裏門があり、その向こうは海だ。

裏門を開けると、海岸に沿った遊歩道が、累々と連なる巨岩の上に張り出している。大潮のときは岩の突端が一つも見えなくなる。波が遊歩道を覆いつくし、庭園の塀に当たって砕けることすらある。

花崗岩を粗く削った階段が門から真っ直ぐにつけられ、海まで下りていける。散歩する三人は遠くへは行かなかった。ドゥニーズが疲れていたし、何より、まだ気持ちが高ぶっていたからだ。

アネットが夕食を早めに出したので、ドゥニーズが寝室に引き上げたときはまだ日が高かった。彼女はうつらうつらしながら、館の一日が終わる音を聞いた。

まず、伯爵が館を出て塔へ入っていき、厚い扉が閉まる鈍い音。それから、門番小屋へ帰っていくイヴォンが重い木靴(サボ)で並木道の砂利を踏む音。そして、今度はジャックが寝室へ向かう。軽やかに階段を上り、婚約者の寝室の前をつま先立ちで通り過ぎる。階下からは甘く優しい声が上がる。アネットが服を脱ぎながらブルターニュの古い哀歌を口ずさんでいるのだ。

スイッチを切る乾いた音と共に歌は止んだ。完全な静寂が館を包む。

ドゥニーズは深い眠りに落ちた。

第四章　深夜の遭遇

ドゥニーズ・セルヴィエールは不意に目覚めた。こめかみに冷たい汗が浮かび、心臓が早鐘のように打っている。

めまぐるしい悪夢のなかで、昨夜のあの場面、自分が標的となった襲撃事件を再体験したのだ。あの男の息づかいを間近に感じた。男の頭上に腕が恐ろしげに振り上げられるのが見えた。

まだ体中を震わせながら、ドゥニーズはスイッチに手を伸ばす。

部屋には当然、誰もいない。

「私ったら、どうかしているわ」

大粒の涙がしばらく止まらず、目を拭う。

居間の大時計が二時を打った。

「さあ、眠らなくちゃ。寝不足は体にも肌にも悪いわ」

電灯を消して壁のほうを向き、何も考えまいとする。

だが、うとうとしたかと思うと飛び起き、ベッドの上で喘いだ。

今度は、闇の中で細長い三角形がかすかに青い光を反射し、ゆっくり上がっていくのがはっきりと見えた。

常夜灯のぼんやりした明かりの色を映す刃に、見覚えがあった。彼女は列車の座席に横たわっている。ブレストへ、幸福へと向かって……そして、死んでゆくのだ。

すっかり目が覚め、明かりをつけたとたん、闇から生まれた恐怖が消え去り、若い娘は手を揉み合わせた。

「あんまりだわ！　これではちっとも休まらない」

これから生涯、こうして恐ろしい幻影につきまとわれるような気がした。これまでの幸福で平穏な暮しは終わったのだ。この先には危険と謎に満ちた日々だけが待っているように思われる。

恐る恐るベッドを離れ、窓へ身を寄せた。

雲を通して射すぼんやりとした月明かりのせいで、すべてがこの世のものでないように見える。風が時おり樅（もみ）の木を震わせる。

眠れる庭園から、うっとりするような深い安らぎが立ちのぼっているかのようだ。

ドゥニーズはこの部屋から出たくてたまらなくなった。ほんの小さな片隅にも見えない敵が潜み、家具という家具が悪意を秘めているように感じられる。柔らかく包んでくれる苔（こけ）を褥（しとね）とし、すべてを受け入れるありのままの自然に抱かれて夜を過ごしたい。あそこなら、いやな夢も追いかけてこないだろう。

縄底の布靴（エスパドリーユ）を突っかけてコートをはおり、明かりを消すと、そっとドアを開けた。

やがて、ドゥニーズは官能的な芳香に満ちた生暖かい空気をうっとりと吸い込んだ。

眠ることなどすっかり忘れ、無数に伸びる小道を足の向くままに、長い間歩き回った。

すると、力と勇気が湧いてきた。あんなに怖がっていたのがおかしく思えて、苦笑いする。

「なんて弱虫なの、私ったら！」とつぶやいた。

高く生い茂った薮のところで道を曲がった、その時だった。

声が喉に引っかかって出てこず、思わず胸に両手を当てた。

男が一人、目の前に立ちふさがったのだ。

だが、ドゥニーズはすぐに安堵した。

「ジャック！　ああ、もう、びっくりしたわ」

青年は呆然と立ちすくむ。彼もまた、この思いがけない遭遇に動揺している。

「ドゥニーズ！　こんな時間に何をしているんだい？」

彼女は愛らしく微笑み、彼の腕をとった。

「愛するフィアンセさん、こちらからも同じ質問ができそうね」

そして、どれほど怖かったか訴え、眠りに入り込んできた悪夢について語り続けた。

彼は娘の髪を優しくなでる。

「ドゥニーズ、もうそんなことを考えちゃ駄目だよ」

そう言う声が少し震えているように感じられ、彼女は恋人の顔を見上げたが、夜の闇はまだ深く、彼の表情はわからない。

「ねえ、ジャック、あなたはどんな悪い夢を見て、ベッドを抜け出てきたの？」

長いことためらってから、彼は答えた。

「僕のほうは、夢じゃないんだ」

その悲しげな口調にドゥニーズは驚いた。

「ジャック！」彼のほうに不安げに身を寄せ、ドゥニーズは叫んだ。「ジャック、怖いわ。何が起きているの？　それが知りたいの。私に何か隠しているのじゃなくて？」

彼は優しく身を離し、重く沈んだ声で言った。

「誓って言うが、何が起きているか、僕にもわからないんだ」

「あなたはどうしてここにいるの？」

「ああ！　わけは訊かないでくれ、ひどい話なんだ！」

彼は口をつぐむ。二人ともしばらく何も言わず、身じろぎもせず、身を寄せ合っていた。

青年は不意に何か決心したらしい。恋人の両手を取り、強く握った。

「ドゥニーズ、ここで会ったことは誰にも絶対に言わないと、約束してくれるね」

「ええ……約束するわ」ドゥニーズがいささか驚いて答える。

「それに、僕自身にも、絶対に言わないでほしい」彼が真剣な口調でつけ加えた。

「言われるととても辛いんだ。結婚した後で、ずっと時が経ってから、この奇妙な夜の話をしてあげるよ。でも、君のほうからは、今夜のことは、僕の前で絶対に持ち出さないでほしい」

彼女は戸惑い、不安に胸がつぶれる思いで彼を見る。

「いつか説明できる日が来る。でも、そのときまでは口をつぐみ、絶対に何も訊かないと誓ってくれ」

彼は「絶対に」という言葉を何度も繰り返し、その都度、精いっぱい力を込めて言った。

彼女が黙り込んだので、心配そうに尋ねる。

「ドゥニーズ、僕を疑っているのかい？　僕の目的はただ一つ、僕らの幸福だということがわからないのかい？」

彼は重々しく、神妙に繰り返す。

「僕らの幸福」

ドゥニーズは彼に寄り添った。

「誓うわ、絶対にあなたに言わないって……今夜のことは。あなたがすることはすべて正しいって、わかっているわ。ジャック、愛してる」

彼はドゥニーズの両手を離さない。唇に強く押し当て、我を忘れたかのように長いことそのままでいた。

それから、ふと我に返った。

「さあ、ドゥニーズ、もう帰らなくちゃ。休まなくちゃいけないよ」

「ねえ、あなたももう休むのでしょう?」

「後でね。ああ！　もう終わっていたらよかったのに」

彼はゆっくりした足取りで彼女を館まで送った。

月の光が弱まる。東の空にばら色の筋が幾本も現れ、色を濃くしていく。塔の屋上に巣を作った鳥たちがさえずり始める。

二人は館の玄関に着いた。青年が音を立てずにノブを回してから、唇に人差し指を当てて最後に念押しし、重苦しさを微笑みで少し和らげる。

ドゥニーズも同じ仕草をしてから、唇に当てた手で彼にキスを送り、軽い足取りで屋内に入っていった。

第五章　新たな襲撃

ドゥニーズが目覚めたのは午前八時だった。手早く身支度をして居間へ下りると、ジャックはもうイヴォンとアネットとしきりに話していた。彼の「よく眠れたかい？」という言葉に、多少の皮肉が感じられなくもない。

「ええ、ぐっすり。朝まで熟睡したわ」と間髪入れずに答える。

婚約者は彼女にやさしくキスをする。

「アネットとイヴォンから今聞いた話、まだ知らないよね？　漁師のジャウアンじいさんが昨日、岩場で脚を折ったらしい。一緒に見舞いに行かないか、行きがけにニコル先生も誘って」

ドゥニーズは賛成した。

「お父様もいらっしゃるかしら？」

「そもそも起きていないとね……君も知ってのとおり、パパは朝に弱いから」

そそくさと朝食を済ませると、若い二人は出発した。すばらしい好天になりそうだが、海からの風は強い。

高い塀に囲まれているおかげで、庭園内は風が遮られる。だが、屋敷の外に出たとたん、ドゥニーズは震えをこらえた。

「こんなに寒いとわかっていれば、コートを着てきたんだけど」とつぶやく。

ジャックはすぐにきびすを返し、震える石の載った門扉をまた押した。

「僕が取ってくるから、待っていて」

走って館へ取って返し、再び門へ向かう。

ドゥニーズは樅の林の端で待った。そんなに走らないで、と婚約者に合図する。彼がすぐに立ち止まったので、合図を勘違いされたと思った。

「どうしたの、ジャック？」

だが、ジャックが立ち止まったのは、無意識にだった。足がすくんで進めない。突然の不安に喉が締めつけられ、息苦しくて動けない。

ドゥニーズの背後五メートル足らずのところへ、男が一人、林の中から現れたのだ。長いコートに身を包んで襟を立て、顔の上半分は帽子で隠れている。

男は真っ直ぐドゥニーズに向かって歩く。

ジャックは叫びたかったが、できなかった。駆け出すこともできなかった。

この感覚は、これまでいやというほど夢の中で味わったことがある。だから、こう思った。

(悪い夢を見ているんだ。すぐに目が覚めるだろう)

男はもうドゥニーズのすぐそばに迫り、素早く右の拳を上げる。

ジャックは力を振り絞った。喉からうめき声がもれた。

ドゥニーズが斜め後ろを振り返る……。刃が肩をかすった。男はすぐに拳を再び振り上げ、同時に左手で彼女の首をつかむ。

ジャックは声を発すると共に体の自由を取り戻し、無我夢中で駆け寄った。

ドゥニーズは襲撃者の短剣をつかみ、渾身の力を込めて自分の胸からそらそうとしている。

ジャックはもみ合う二人の二十メートルほど手前まで来た。

「やめろ！」力強い声がした。「少しでも動いてみろ、撃つぞ」

ジャックはてっきり、林に潜んでいた共犯者が自分を脅しているのだと思った。それでも足を止めず、門まで駆けた。

そして、唖然としてその場に釘づけになった。

三十歩と離れていない所で一人の男がリボルバー（回転式拳銃）を手に、塀に沿って走っている。さっきの声はこの男で、暴漢に向かって叫んだのだ。暴漢のほうはもはや逃げることしか考えず、ドゥニーズの体を楯にしている。

ジャックは現れた男が誰か、すぐにわかった。アンドレ・ブリュネルだ。

暴漢はドゥニーズの体を持ち上げて相変わらず楯としながら、林の端まで後ずさりした。そして突然、人質を放り出し、木立のなかへ逃げ込んだ。

ジャックは地面に転がった婚約者の傍らに膝をつく。

「ドゥニーズ、怪我はないかい？」

二人の頭上を一またぎして、ブリュネルも林の中へ消えた。

三発の銃声。その後、長い静寂が続いたが、遠いオートバイのエンジン音がそれを破った。ほどなく探偵が二人のところへ戻ってきた。怒りで震えている。

「あのいまいましい樅の木さえなければ、こてんぱんにやっつけてやったのに」

ドゥニーズはジャックの手を借りて立ち上がっていた。震える両手をブリュネルのほうへ差し出す。

「ブリュネルさん、いったいどうやってお礼をしたらいいでしょう」

「そんなことはどうでもいい」ブリュネルはほとんどぶっきらぼうに言った。

だが、すぐに気を取り直し、優しい声で言い直した。

「失礼しました。ともかく今は、奴はあなたに危害を加えられないはずですから……。なかなか引き金が引けなかったは、あなたに弾が当たりかねなかったからです」

ブリュネルの仕草にはまた憤りがにじんだ。

「でも、いったいどうしてここに、まるで奇跡のように現れてくださったのですか?」ジャックも探偵の手を取り、骨も砕けよとばかりに握りしめながら尋ねた。

ブリュネルはポケットからレンヌ―ブレスト間の復路用切符を取り出した。

「この切符のおかげで、危険人物がどこにいるかわかったからです。昨日、あなた方より数時間遅れてこちらへやって来ました。村に宿も見つけました。朝早く起きて、この辺りを調べました。そのうち何か起こるのではと……。だが、まったくもって、これほど展開が早いとは思いませんでした」

若い娘を両側から支え、二人の男は〈震える石〉の門をくぐった。

銃声は館まで届いており、イヴォンに続いて伯爵とアネットも駆け寄ってくる。

ジャックは今しがたの出来事をかいつまんで話した。話し終わると、ブリュネルのほうを向く。

「危険があるかもしれませんが、もう一度、私共の館へお招きしてもよろしいでしょうか?」

「今となってはお断りするわけにはいかんでしょう」探偵は真剣な面持ちで答える。

午前のうちにイヴォンが村へブリュネルの荷物を取りにいき、探偵は館の客となった。

昼間は、長いが実りのない会話と、いつ果てるとも知れない庭園の散歩をして過ごした。

アンドレ・ブリュネルは〈震える石〉を隅々まで知りたがった。イヴォンの寝起きしている門番小屋と車庫まで調べた。

一時間以上かけて館内を見て回り、それが終わると、ブリュネルは手帳に館の正確な見取り図を描き上げた。

広い廊下が一階を二分する。左が食堂と台所、右が居間とアネットの女中部屋だ。

二階へ至る階段は居間から始まる。一階から階段の上り口に行くには、居間にあるドアを通るしかない。

二階の各部屋は、直角に曲がる廊下に面している。

まず廊下の左手にドアが二つあり、角を曲がると右手に二つドアがある。

最初の二つのドアは客用寝室のもので、それぞれブリュネルとドゥニーズが使っている。あとの二つは階段から真っ直ぐ廊下を進んだ突き当たりにあるジャックの寝室のドアと、浴室のドアだ。この二室は中でつながっている。

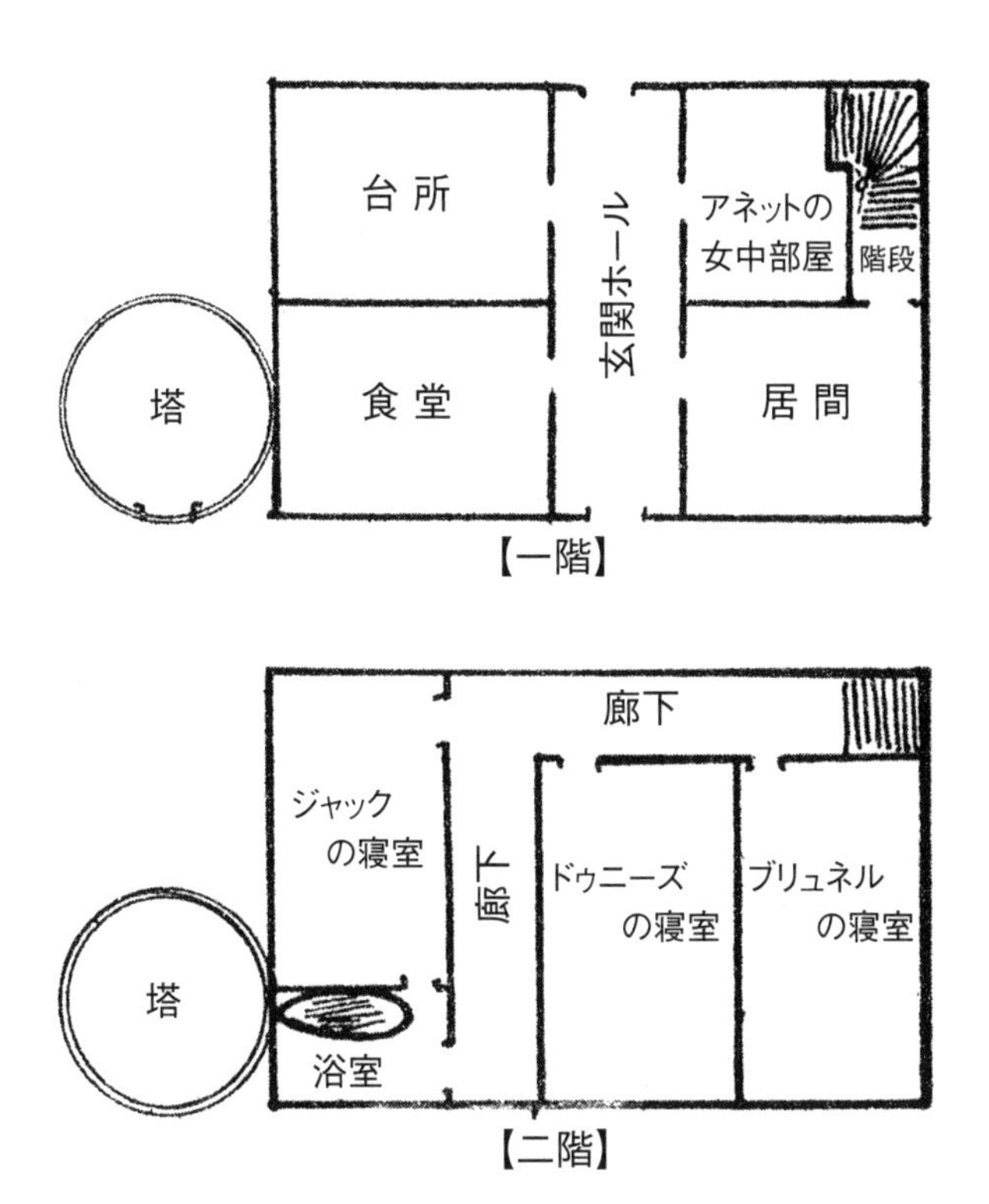

塔も探偵の関心の的だった。

塔は館に隣接しているものの、通路でつながってはいない。出入り口はただ一つ、正面にあるだけだ。

ケルヴァレク伯爵の風変わりな住まいは面積の等しい円形の二室から成る。一階の仕事部屋と、二階の寝室だ。彫刻を施した手すりのある小さな階段がそれぞれの部屋の壁に沿ってつけられている。寝室の階段は塔の屋上へ開く揚げ戸へ通じる。

イヴォンが夕食を告げる鐘を鳴らしていると、医師が〈震える石〉にやって来た。かなり興奮している様子だ。

「伯爵と息子さんに、お話があると急いで伝えてくれ」と医師はイヴォンに告げた。「だが、マドモアゼル・ドゥニーズにはわしが来たことは伏せておくれ。無駄に怖がらせてしまうから」

伯爵たちに会うとすぐに医師は言った。

「実は、昨日、村に見慣れない男がやって来たというのじゃ。今朝、その男が館の周りをうろつくのを漁師たちが見ておる。そいつは不審な行動をしていたそうじゃ。かなり長身でがっしりして、髪の毛は濃い褐色、三十歳くらいで、グレーの服を着て、白っぽい帽子を被っていたそうな」

いっとき緊張した親子の顔が緩んだ。

「こちらの紳士のような？」伯爵が手で示した先に、ドゥニーズに腕を貸して小道をめぐっていたアンドレ・ブリュネルの姿が現れた。

あっけにとられている年配の友人に答える隙を与えず、ジャックは彼の上着の襟の折り返しをつかんでブリュネルのほうへ引っ張っていった。

「ニコル先生、もう客室が空っぽだなんて言わせませんよ。〈震える石〉の新しい客人、アンドレ・ブリュネル氏をご紹介しましょう。僕らの救世主です」

第六章　不可能な脱出

ほんのささいな異変さえないまま、三日が過ぎた。

館の住人たちは二度の襲撃のことをもう口にせず、警戒心を忘れたかのように振る舞っている。〈震える石〉に明るさが戻っていた。

その晩はブリュネルの求めに応じてドゥニーズがピアノの前に座り、バッハの遁走曲(フーガ)を弾いた。聴衆は思い思いの姿勢でくつろいでいた。伯爵は暖炉棚に肘を突いて顎を拳の上に載せ、葉巻をくわえている。ジャックは寝椅子に半ば寝そべって、眠っているように見える。ブリュネルはいちばん上等の肘掛け椅子に身を預け、うっとりと視線を泳がせている。

居間は闇に沈んでいた。ピアノ用の照明だけが灯り、黒鍵がフォルテで叩かれるたびに、反射された光が揺れる。

台所からは、時おりイヴォンとアネットのささやき声が聞こえる。皿を洗いながら将来の計画を話し合っているのだ。

最後の和音が弾かれてからかなり経つのに、三人の男性は誰一人として現実の世界にすっかり戻ってはいない。ジャックは美しい夢から覚めて目をこすり、伯爵は葉巻の火が知らぬ間に消えていたことに気づいて微笑む。

ブリュネルは、眼差しにいつもの輝きと鋭さを徐々に取り戻した……。不意に、居間と階段を隔てるドアに視線を向ける。

そのとたん、探偵は眉根を寄せた。表情が険しくなる。

「間違いない」とつぶやく。「今さっき、明かりが見えた」

視線をドアに戻す。いや、絶対に間違いない。今しがた、小さな穴が明るく見えた。鍵穴だ。居間の中でもそのドアの周辺はほぼ完全な闇に包まれていたから、階段に明かりがついていたということだ。

その光る点が消えたということは、階段の明かりが消されたに違いない。

だが、イヴォンもアネットも居間を通らなかった。

ドアの向こう側で何かが鍵穴を塞ぎ、光を遮ったとしか考えられないのでは？

ジャックと伯爵はピアニストに近づき、彼女を称えた。

アンドレ・ブリュネルは肘掛け椅子から立ち上がる。そして、ぎくりとした。

光る点がまた現れたのだ。それは何秒か光った後に消えた。

探偵は何事もなかったように、小さな人垣に加わった。ピアニストのすらりとした手をなでて言った。

「もう一曲お願いしますよ、ドゥニーズさん。今度は前奏曲（プレリュード）を」

ブリュネルは楽譜集のページを繰る。

同時に、あたりに目配りしながら、聞き取れないほどの声でささやいた。

「とにかく驚いたり表情を変えたりしないでください。振り向いても動いてもいけません。今の姿勢を少しも変えないでいてください」

伯爵もジャックもドゥニーズも、思わず不安げな面持ちを彼に向けた。

「だめ、こっちを見ないで。楽譜を見て」

「いったいどうしたのです?」ドゥニーズがひそひそ声で言う。もう顔が青ざめている。

「われわれは見られています。賊が入り込んでいるんですよ、階段のドアの向こうに」

ブリュネルが言葉を切り、いつもの声で言う。

「これは全集ではないのですね、ドゥニーズ!　曲が見つかりません」

そして、低い声でつけ加えた。

「落ち着いて。そうすれば奴を捕まえられます。あわててへまをすれば、万事休すだ。できるだけ慎重を期さなくては。伯爵、あなたはドゥニーズが演奏し始めたらすぐにこの部屋をソッと出て、台所へ行ってください。そしてイヴォンに、リボルバーを持って館の裏を見張るよう命じるのです。それから、あなたも銃を持って表を見張ってください。両側には窓がないから、そうすれば賊はここから出られません。

ジャック、君は私の後について来られるよう、待機して。ドゥニーズ、あなたは攻撃が始まったらすぐに台所へ、アネットの傍へ逃げて、二人とも私がいいと言うまで出てはいけません」

ブリュネルは声を上げた。

「あ！　やっと見つけた。見過ごしていました。この曲が一番美しいと思いますよ」

楽譜を譜面台に置き、探偵は再び肘掛け椅子に腰を下ろす。

死んだような静寂が数秒、続いた。

（勘づかれたら、すべて水の泡だ）

今は真っ暗なドアを気遣わしげに見ながら、ブリュネルは思った。

ドゥニーズは不安を押し殺して鍵盤に震える指を置いた。

＊＊＊

ケルヴァレク伯爵が立ち上がる。真剣な面持ちで少し背を丸め、居間を出ていく。

ブリュネルは、伯爵とイヴォンがそれぞれの持ち場に着くのを待った。それから、さりげなく準備にかかった。

ゆっくりと上体を前に屈めると同時に、肘掛け椅子の脚にかかとを押しつける。両手は椅子の肘掛けの上に置く。体を丸めて、突進の体勢を整える。

前奏曲はミスタッチの連続になっていた。ドゥニーズは演奏に身が入らず、鍵盤も楽譜も見ていない。

ガタンと、すさまじい音が響く。

探偵の肘掛け椅子が倒れ、それがぶつかった小卓も共倒れになったのだ。

ブリュネルは三歩跳んでドアに突進する。

押し殺した叫び声、死にものぐるいの追跡。

ジャックは突然の出撃に一瞬あっけにとられたが、後に続く。

ブリュネルの目の前で、人影が階段を駆け上っていく。二人の差は六段ほどだろうか。

逃亡者が二階に達したとき、ブリュネルは手が届きそうなほど迫っていた。

ジャックが階段を上りきると、ブリュネルは廊下の角を曲がって姿が見えなくなった。

ドアがバタンと閉じる音。次いで激しい衝撃音が館を何度も揺るがす。

ジャックは曲がり角まで来た。廊下の奥で、ブリュネルが浴室のドアに肩をぶつけている……。

浴室の出入り口はもう一つある。

ジャックは自分の寝室を矢のように横切り、浴室の別のドアに突進した。

遅かった！

ノブを回すと同時に、かんぬきがカチリと掛けられた。

賊は立てこもったのだ。

廊下では、ブリュネルが無益な試みを中断していた。

「らちがあかない。ドアの板が硬すぎるんだ。まあ、大したことじゃない」

彼は勝ち誇ったように声を張り上げる。

「ジャック、そこを動かないでくれたまえ。奴は袋のネズミだ」

青年は二歩後ずさりし、リボルバーをドアに向ける。

「わかりました。動きませんよ」

探偵もブローニング（自動拳銃）を構えた。壁によりかかり、一息つく。

「出口を固めておいて、われながら大正解だった」

彼は不意に言葉を切った。ドアの向こうで物音がする。賊が動いているのだ。

檻の中の動物のように行ったり来たりしている。ブリュネルの耳に荒い息づかいが聞こえてきた。

突然、軋むような音が響いた。男が窓を開けているのだ。

探偵は唇をきつく噛む。

「伯爵がうまくやってくれれば……」

それ以上考える間はなかった。

銃声。ガラスの割れる音。うめき声。

「よし！」ブリュネルは叫ぶ。

賊は喘ぎながら、また足音荒く歩いている。

一分ほどもそうしていただろうか。突如、賊が笑い出した。尋常でない笑い方で、人間の声とは思えず、ブリュネルは背筋が寒くなった。

すぐに別の音が聞こえた。間違いようのない音だ。

（奴が風呂の蛇口を開いた。）

ブリュネルの表情が不安で硬くなる。拳で額を打つ。

「奴は何を見つけたんだ？　いったい何を？」

さらに一分が過ぎた。その間、水は休みなくほとばしり続けた。

もう待てない。早く片をつけたい。

「イヴォン、イヴォン」

忠実な若い使用人の声が館の裏手からかすかに聞こえてきた。

「ここにいます」

「もういい。上がっておいで」

三十秒後、ブルトン人の若い使用人は探偵のところへやって来た。

「ブリュネルさん、あいつはこの中ですか？」

「ああ、イヴォン。袋のネズミだ。出口はすべて見張っている。逃げるのは不可能さ。だが、もう待ちくたびれた。斧を持ってきてくれ、急いで」

瞬く間にイヴォンは戻ってきた。ブリュネルは彼の手から斧をもぎ取り、自分の拳銃を持たせた。

「そこにいて、奴が逃げようとしたら撃ってくれ」

そして、勢いよく斧を振り下ろした。板の上から下に裂け目が入る。

二度、三度と斧を振る。

鏡板が砕けて吹っ飛ぶ。しびれを切らしたブリュネルが上半身を開口部に入れ、腕を伸ばしてスイッチを入れた。

ブリュネルは吠えるように叫んだ。

「いない！」

第七章　開かれた蛇口

いない。

ああ！　二度見するまでもなく、明らかに誰もいない。白一色の浴室にあるのは浴槽と洗面台だけで、隠れる場所はどこにもない。

誰もいない。

ブリュネルは壊れたドアの残骸をイライラとかき分け、イヴォンを引き連れて浴室に入った。

ジャックの寝室へ通じるドアはかんぬきで閉じられていた。ブリュネルは機械的にかんぬきを引き抜き、ドアを開けた。

ジャックが駆け寄る。ブリュネルの叫び声が聞こえていなかったため、驚きで目を丸くしている。

「どういうことです?」

「どうもこうも、見てのとおり、誰もいない」

「でも、そんなはずはない！」

「たしかにそうだが、このとおり」

蛇口は二つとも全開で、二筋の水がほとばしっている。だが、排水口も開いたままなので、浴槽にはなかなか水がたまらない。水の深さはせいぜい五センチメートルほどだ。

ブリュネルは目を大きく見開いて、浴槽内の分厚い栓を長いこと眺めている。しばらくすると、栓が浮き始めた。それから、彼は窓に近寄った。

窓ガラスの一枚が星形にひび割れている。大人の身長ほどの高さにあけられた小さな穴は弾丸の通った跡だ。

両開きの窓のすぐそばまで来た。ブリュネルが窓を開き、乗り出した……そのとたん、後ろへ飛び退いた。何かが耳をかすめたのだ。

「私です、撃たないでください」

ブリュネルは手すりに寄りかかる。小道の真ん中でケルヴァレク伯爵が激しく両手を振っている。

「弾は当たりませんでしたか、大丈夫ですか?」

探偵はうなずく。

「ええ、大丈夫です」

「捕まったのですね?」

ブリュネルは答えない。額に両手を当てて、一分近くもそのまま動かなかったと思うと、不意に叫んだ。

「いや、まさか、そんなことがあるだろうか」

ブリュネルは戸口に向かって駆ける。

「ここを動かないで、戻ってくるから」

疾風のごとく廊下を走り、階段を駆け下りる。アッという間に庭園の伯爵の傍らに来た。

月の光が館の正面全体を昼のように明るく照らしている。

「ああ、これなら賊が見えたでしょう」

「ええ、はっきり見えました、窓ガラスの向こうに。発砲もしましたよ」

「ええ、知っています。その後は？」

「その後と言われても！　それっきりです。窓が開いたと思ったら、顔を出したのはあなたでしたから、ブリュネルさん。いや、危ないところでした」

「それで、賊が見えてから私が顔を出すまでの間、何も見ませんでしたか？　何も起こらなかったんですか？」

「ええ、まったく何も」

探偵はその場で行ったり来たりした。

「頭がおかしくなりそうだ。どうやったって抜け出せるはずは……」

言い終わらないうちに、彼は走って館の中へ戻った。

イヴォンと若い主人は相変わらず浴室の真ん中に所在なさげに突っ立っている。二人とも途方に暮れた顔だ。

「ジャック、この建物は古い城跡に建てられたそうだね？　秘密の通路とか、隠れ場所が残っているのでは？」

ジャックは頭を振る。

「いいえ、それは断じてありません……。それに、そもそもこの部屋はご覧のとおりですから」

「そう、問題はこの部屋だけだ……。いや、馬鹿な質問をした」

探偵はしみ一つない白い壁と、弾丸がめり込んで小さな丸い跡が二つできた天井を眺める。白いタイル張りの床に足をトントンと打ちつけてみる。それから、浴槽の上に身を屈めた。

水位は相変わらずゆっくりと上がっていた。蛇口は水蒸気でうっすらとくもっている。

ブリュネルは手を伸ばして蛇口を閉めた……そして、水位が下がっていくのを眺めた。

水はどんどん流れ出る。最後に軽く泡立って、排水が終わった。浴槽には何もない。

何もない！　謎の人物がこの部屋に閉じこもったときも、そうだった。

ブリュネルは苛立たしげに金属製の浴槽の内側を拳で叩く。音が響いた。

「ああ！　どういうことだ、どういうことなんだ！」

探偵は落ち着きを取り戻そうと努め、仲間のほうを向いた。

「ドゥニーズとアネットのところへ行ってやりなさい。二人とも怯えきっているだろう」

ブリュネルはジャックの腕を取る。

「ここにいて何になる？　あいつは
もう、ここにはいない、そうだろう？　今頃はもう遠くへ行っているはずだ」

悔し涙が青年の頬を伝わる。

「奴は悪魔ですよ、ブリュネルさん。だって、出られるはずがないんですから」

「いや、出られたんだ……もうここにいないのだから。なあ、ジャック、奇跡を願う必要はない。われわれが相手にしているのは、ありがたいことに、しょせん人間だ。君と同じ、私と同じ人間、当たり前の方法しか使えない人間だ。たしかに、消え失せるのに使った方法は理屈では説明できないように見える。それは認めるが、だからといって人間業でないというわけではない。だから、われわれにもわかるはずだ。突き止められる方法は、突き止められるに決まっている」

ブリュネルはもう落ち着きを取り戻していた。勝負には負けた。誰のせいで？　自分のせいだ。あらゆる策を講じたつもりだった。だが、間違っていた。手痛い失敗だ。

解かなければならない謎が残っている。

……数分後、館の住人全員が居間に集まった。それから何時間も、突飛な推理を空しく組み立てた。

「皆さん、もうとっくに寝る時間ですよ」大時計が二時半を告げ、ブリュネルが言った。

そう言いながら、彼は手帳からページを一枚破り取り、万年筆のキャップを外している。

「ブリュネルさんもお休みになるのでしょう？」と尋ねたドゥニーズに、探偵は微笑んだ。

「もう少ししたらね」

紙の半分に四角形を描き、その中に小さく人間の形を描く。もう半分には、浴槽の断面図を、蛇口と排水管も入れて描いた。

図を描き上げると、開いたままのピアノの上に置いて眺め、考えに耽った。

皆が口々に「おやすみなさい」と言ったが、彼の答えはこうだった。

「……出口は三つだけ。……それ以外のところからは出られない、それは確かだ。そして、俺が入っていく一分前に蛇口が……」

第八章　打ち明け話

朝早くから、伯爵、ジャック、ドゥニーズは居間に集まっていた。三人とも底知れぬ苦悩をにじませている。

言葉はほとんど交わされない。目は絶えず賊が裏に潜んでいたドアへ向けられる。そして、深いため息が漏れる。

これまで、襲撃があったのは屋外だった。〈震える石〉に住む者はみな、館の中にいれば怖くないと思っていた。館はいわば避難所で、敵が危険を冒してまで入り込むはずのない最後の砦だと思えた。

ところが、彼らを憎み、つけ狙う者（あるいは者たち）は館に侵入し、陰に潜み、話を盗み聞きし、手を伸ばすだけで襲える態勢にあった。

敵はここに入り込んできたのみならず、さらに、不可解な方法で消え失せて、館の主よりもこの場所を熟知していることを立証してみせた。

実際、館の住人の知らない窓やドアの配置、床や壁の性質（ありとあらゆる可能性を考えるべきだろう）を利用したのではないか？

そのため、居間の三人は家具がほんの少し軋んでも、壁掛けがわずかに揺れても、煙突を通る風の音がしても、震えずにはいられなかった。

「僕たち、おかしくなってしまいそうだ」不意にジャックがつぶやく。「こんなことが続けば、そのうち、ここでは暮らせなくなる」

「そうなれば、われわれを苦しめている奴らに勝ちを譲ることになる」と伯爵が叫ぶ。「われわれを追い出すのが目的かもしれないぞ」

「でも、何ができる?」ジャックが手を揉みしだきながら言う。

「そこだよ! それがまさに、この状況の辛いところだ。待つことしかできない。何を? わからない。だが、待つしかない。相手が攻撃してこなければ、謎を解くことも闘うこともできない」

「ところでブリュネルさんは?」ドゥニーズが尋ねる。

「かなり前に起きていたよ」ジャックが答える。「浴室に入ってきたのがわかった。音はあまり立てなかったけれどね。それから庭へ下りていった。窓越しに見たんだ。でも、あまり険しい顔をしていたので、声をかけそびれたよ」

「お気の毒に」若い娘はため息をつく。「昨夜お部屋に上がっていらしたときに声をかけたけれど、返事はなかったわ」

実際、ブリュネルは起きるとすぐに浴室へ行った。床を一歩一歩検分し、浴槽まで動かして調べ、それから椅子を踏み台にしてルーペを壁に当て、根気よく調べた。

浴室をすっかり調べ終えると、ぶつぶつとつぶやいた。

「こんなことをするなんて、馬鹿らしい。秘密の抜け道？　小説じゃあるまいし」

そう言いながらも、大きな蛇口につい目がいく。侵入者が開いた蛇口だ。

「謎を解くカギはここかもしれない！　あの状況を考えれば、無駄なことに時間を浪費しなかったのは明らかだ。姿を消すために必要不可欠なことしかしなかったはずだ。おまけに、水栓を開く直前に、奴は笑った。弾が飛んできた直後だというのに、笑った。万事休すと思われたときに、笑った。そうだ、笑ったんだ。なぜなら、その瞬間、確実に姿を消す方法を見つけたからだ。逃げられると確信したからだ。その証拠に、二分後には浴室はもぬけの殻だった」

アンドレ・ブリュネルは拳を握りしめた。爪が手の平に食い込む。

「浴室はもぬけの殻だった。浴槽に五センチメートルほど水が溜まっていただけだ。くそっ、水に溶けたわけでもなかろうに」

一時間以上を費やしたあげく、空しい調査を打ち切り、ブリュネルは庭園へ下りていった。

火の消えた煙草をくわえたまま、いつもの癖で声に出して独り言ちながら、ゆっくり歩く。

「筋道を立てて考えろ、アンドレ。苛つくな。結局、秘密の抜け道も、隠れ場所もないし、賊が排水口を通り抜けられるほど細くなったはずもない。ということは、見張られている三つの出口のどれかから『誰にも見られずに』抜け出す方法を見つけたんだ。

窓から検証を始めてみよう。月は片時も雲に隠れず、あたりは真昼のように明るかった。それは認めるしかない……。それに、男が窓を開けようとして掛け金を回したとき、伯爵は窓ガラス越しにその姿をはっきりと見た。すぐ後で俺の姿も同じように見たが、今度は窓は開いていた。俺は間一髪でひどい目にあうところだった。そのことには目をつぶろう。

賊はジャックの部屋に通じるドアから逃げたのか？　まさか！　ジャックはドアから一メートルのところにいた。そもそも、かんぬきは浴室の内側から掛けられていた。だとすれば、残るのは俺の前のドアだ」

ブリュネルは問題を冷静に分析しようと努めた。だが、独白のプレゼンテーションを終えると、憤りを抑えきれなくなった。

「くそっ！　俺の前のドアからも出ていない。頭がおかしくなりそうだ」

通りすがりに大きく広がった枝をつかみ、一思いにへし折る。

「ドアからでもない、窓からでもない、隠れ場所もない……。まさに八方ふさがりだ」

ベンチに身を投げ出すと、目をつぶった。

軽い衣擦れの音。

「おや、ドゥニーズさんかな？」

「あら、ブリュネルさん？」

ブリュネルは肩をすくめ、ぎこちなく微笑んで、また目を閉じる。

ドゥニーズはおずおずと彼の脇に腰掛け、二人は長いこと押し黙ったままでいた。

彼女はときおり、隣で寝ているように見えるブリュネルのほうに半ば顔を向け、唇を開きかける。だが、すぐに頭を振り、頬を少し赤らめて向き直る。

そんな仕草を五度も繰り返した頃、ブリュネルがドゥニーズのほうを見ずにささやいた。

「今回の事件のことかい？」

ドゥニーズは決心がつきかねている。

「話すべきか？　黙っているべきか？」ブリュネルは独り言のように言葉を続ける。

さらに、大げさな身振りでこう言った。

「やっぱり、言うのはやめよう。ブリュネルさんに義理なんかないし」

ドゥニーズはいきなりブリュネルの腕を取り、泣きそうな声で言った。

「そんなことをおっしゃらないで、お願いですから」

ブリュネルは彼女の手に手を重ねて、わざと深刻ぶって言った。

「つまり、あまりに重大な秘密なので、私に打ち明けるのをためらっているのですか？」

ドゥニーズは軽く肩をすくめる。

「わかりませんわ」

「そう！　そうですか！　つまり、言わないと約束したのですね」

ドゥニーズは聞き取れないほどの声で「ええ」と言った。

「まあ、約束を破りたくないという気持ちはわかりますよ。その約束はジャックにしたのですね」

彼女はまた、「ええ」と小さく答えた。

「それなら、約束を取り消すよう彼に頼めばいい」

「それはできません。けっして話さないと、彼にすら言わないと誓ったんですもの」

「ご立派だ！」

ドゥニーズはまだしばらく躊躇していたが、とうとう心を決めた。

「仕方ありませんわ。私に、そして私たちにあなたがして下さったこと、私のために被った迷惑を思えば、お役に立つかもしれないことを隠しておくなんて、できません。実はね、ブリュネルさん。ここに来て最初の夜、二時頃、眠れなかったので……」

ドゥニーズは、庭園を歩いていてジャックにばったり会ったことを話した。婚約者がどんなに悩ましげで深刻な様子だったかを、そして、その奇妙な出会いのことを秘密にするよう彼女に懇願したことを語った。

ドゥニーズが話し終えたとき、一言も差し挟まずに聞いていたブリュネルの表情は厳しかった。

「どうお思いになります？」と尋ねた後で、彼女はおずおずとつけ加えた。

「まさかジャックが？」

「ジャックよりも誠実な青年には会ったことがありませんよ」

「彼の秘密は、この恐ろしい事件とは関係ありませんよね？」

「そう願いますよ、ドゥニーズ。それにしても……いったい、どうして隠しているのか。後で、と彼はあなたに言ったんですね。ずっと後で、と。なぜだろう？　ジャックは、あなたが妻になるまで打ち明け話ができないような男ではない。それははっきりしている。別の言い方をすれば、二人の関係を考えれば、話せない理由が見当たらない。今話せるなら、話すはずです……。それに、彼は悩んでいる様子だったのですね」

「私が話したことを、くれぐれもジャックには言わないでくださいまし」

「安心なさい」

ブリュネルは再び目を閉じて、考えに耽る。

「あなたと庭で会った晩以外は、ジャックが夜に外出した形跡はないのですね？」

「私はそれ以来、夜はお庭に下りていません。それに、そんな物音は聞こえませんでしたわ」

「私も聞いていません。眠りは浅いほうですが」

二人とも口をつぐんだ。

やがて、ドゥニーズがしゃくり上げ始める。

ずっと涙をこらえていたが、とうとう抑えきれなくなったのだ。彼女は探偵にすがりついた。

「怖いわ、ブリュネルさん。私を、私たちを助けてください。みんな死んでしまうんじゃないかという気がするのです。あいつが私たちを、一人残らず、皆殺しにするんじゃないかって」

ブリュネルはドゥニーズの体をソッと離し、顔を見つめながら、きわめて厳かに言った。慎重に吟味した言葉で、揺るがない決意を表明した。

「ドゥニーズ、私も誓いましょう……その誓いをけっして破りません。あなたを幸せにしてみせます。正直に言って、敵の正体はまだ、皆目わかりません。敵は姿を隠し、今のところわれわれを手玉に取っている。だが、私は、最後に勝つのは自分だと感じ、確信しています。勝つことをあなたに誓います。ドゥニーズ、あなたとジャックを無事に結婚させることを誓います」

その口調が強い自信と熱意に満ちていたので、ドゥニーズはすぐに彼の言葉を信じた。涙に濡れた顔が微笑みで輝く。

「私を信頼してくれますね？」ブリュネルが尋ねる。

「もちろんですわ！」

ドゥニーズはほとんど叫ぶように答えた。探偵の表情が明るくなる。

「さあ、ドゥニーズ。もう館へ戻らないと、皆が心配しますよ。もちろん、あなたも、この場で私にした話のことは、ジャックには一言も言わないように。わかりましたね、一言も言ってはいけません」

彼女は無意識に小さなバッグを開き、パフで手早く化粧直しをすると、〈震える石〉に来て以来なかったほど幸せな気分で、館へ向かった。樅（もみ）の木立の向こうに塔の外壁上部の凹凸が突き出て見える。

庭の小道が終わったところでドゥニーズは振り向き、探偵に手を振ろうとした。だが、手はすぐに下ろされた。

ブリュネルは目を半ば閉じ、心持ち前かがみになり、何も見ず、何も聞こえない様子で、また彫像のように動かなくなっていた。

第九章　支離滅裂な会話

〈震える石〉の住人たちの重苦しい気分を吹き払おうと、昼食の最中に伯爵が船遊びを提案した。知り合いの船乗りに頼めば、鯖（さば）漁の船に乗せてくれるはずだという。

この計画は大歓迎された。四人は大急ぎでコーヒーを飲み干し、出発した。

素晴らしい上天気で海は凪いでいる。沖の大気を吸いながら、漁師が魚を釣り上げるのを手伝ったり、船底でピチピチ跳ねる魚の鱗（うろこ）が光を反射するのを見たりして、皆、少しずつ憂鬱を忘れていった。

だが、残念ながら、帰る時間になってしまった。

〈震える石〉の高い塀が岩の上にそびえるのを見たとたん、にわか漁師たちは抑えがたい不安に心が締めつけられるのを感じた。

夕食は陰鬱だった。ささいな発言で気まずくなり、そのうちに会話はまったく途絶えてしまった。

誰一人手をつけなかったデザートをアネットが下げると、アンドレ・ブリュネルがテーブルを拳で叩いた。

「このままではいけません。ブレストの検事局に知らせるべきではありませんか」

伯爵とジャックは目を見交わした。息子が肩をすくめ、探偵のほうを向いて言った。

「あの人たちが何か見つけられるとお思いでしたら、何も申しません。僕としては、あの人たちがやって来ても無駄な気がして仕方ないのですが。僕たちが提供できる情報があるでしょうか？そもそも、こんな突飛な話、信じてもらえるでしょうか？」

「最大の利点は、警護してもらえることでしょう」と言ったブリュネルは、一瞬考えてから、撤回するかのようにつけ加えた。

「たしかに、何の解決にもならないかもしれません。護衛がつく間は敵も動きを見せないかもしれないが、警護がいつまでも受けられるわけではありませんからね」

陰気な会食者たちは慣れない釣りに熱中して疲れ、居間でまた夜更かしする気にはならず、早々に寝室へ引き揚げた。

仕事を終えたイヴォンはいつもの晩と同じように門番小屋へ帰っていく。アネットは木靴（サボ）の音が遠ざかるのを聞いた。そして自分も寝室へ下がった。

館から最後の明かりが消えた。

館中が寝静まった……というより、寝静まったように見えた。

居間の大時計が十一時を告げると、二階でドアの一つが静かに開けられた。

音で気づかれないよう細心の注意を払いながら、アンドレ・ブリュネルが館の外へ出る。

午前中にドゥニーズと話した後、館を監視できる地点を探して庭園内を探索し、ほどなく格好の場所を見つけていた。ブリュネルはそこへ向かった。

生暖かく星の多い夜だ。

月が館を細部まで照らし出す。

彼が選んだ場所からは館の正面全体のみならず、塔もよく見えた。

羊歯の褥に身を横たえ、視線を二本の樅の木の間に据えて、ブリュネルは待った。

ドゥニーズから話を聞いたとたん、決めていたのだ。もしジャックがまた外出するなら、彼がどんな怪しい所業に関わっているのか、あるいはどんな秘密の待ち合わせがあるのか、突き止めなくてはいけない。この青年を救うために。

十二時……。十二時半……。一時……。

ブリュネルは昨夜もほとんど寝ていなかったし、午後の釣りで疲れ果てていた。そのうえ、夜気は芳しい香りで心地よく、羊歯の葉はふんわりと厚かった。

長いこと睡魔と闘ったが、ついに屈服してしまった。頭ががくんと垂れ、「寝ちゃ駄目だ！」という思いも空しく、まぶたが閉じ、眠りに落ちた。

突然、目が覚めた。静寂を破る音がしたわけではない。相変わらず申し分のない静かな夜だ。けれども、間違いない……。

目は塔を見据えている。ほの暗い片隅で何かが動いているのでは？　目の錯覚か？

否。石壁にくっきりと人影が浮かび上がっている。

誰だかすぐにわかった。ジャックだ。

青年は塔の入り口まで来た。扉はノックするまでもなくかすかに軋んで開き、青年の背後で閉まった。

再び、何も動かず、何も聞こえなくなった。ブリュネルはしばし、夢を見ていたのだろうかと自問した。

すぐには動かず、扉の右の少し高い位置にある狭い窓に目を凝らす。

窓は暗く見えたものの、そのうちに隅にかすかな黄色い光が映っているような気がしてきた。

探偵は最初、月の光かと思った。だが、雲が月を隠してもなお、その黄色い点は消えない。

もうぐずぐずしてはいられない。書斎に明かりがつき、厚いカーテンが光を遮っている。月が雲に隠れているのを幸い、ブリュネルは扉へ急ぎ、耳をつけた。だが、扉の板は分厚く、音はまったく漏れてこない。

目を窓から離さずに、数秒間考える。窓の黄色い光がさっきより明るくなったようだ。

窓までは簡単に近づけそうだ。だが、それで何かわかるだろうか?

窓から音が聞こえるだろうか?

光を通している隙間は、覗き見ができるほどの大きさだろうか?

それに、雲が月を覆い隠せば、窓は明るく見える。ジャックが出てきたらどうなるか。ブリュネルは見つかってしまうだろう。

一分近く迷った。それから、笑みを浮かべた。

(いやはや、堕ちたもんだな、アンドレ。お前らしくもない。まったく! 中でとんでもないことが進行中かもしれないというのに、見習い探偵よろしく、外で突っ立っているとは！　さあ、行くぞ……。特等席としゃれ込もうじゃないか）

音を立てずに素早く、探偵は館の中へ戻る。数秒後、自分の寝室のドアを背後で閉めた。

少しのためらいもなく、部屋を突っ切って窓を開ける。今は雲一つなく、月は柔らかい光を館の正面に投げかけている。上体を少しのけぞらせ、ブリュネルは上を見る。

「ありがたい。屋根はそんなに高くないぞ」

窓の縁枠をつかんで手すりの上に立つ。腕を伸ばしてみるが、頭上の雨樋まで、あと二十センチメートルほど、届かない。

窓の外側の鎧戸に手を掛け、力を入れて強度を確かめる。

「こうするしかない。骨折しないことを祈ろう」

片方の鎧戸の上部をつかみ、靴の爪先を鎧板の隙間へ押し込むと、板は不吉に軋んだ。腕を伸ばすと、どうにか亜鉛製の樋の縁を指でつかむことができた。

右手と同じように左手も伸ばす。必死に体勢を整え、屋根の上に上った。

数秒間、瓦の上に身を横たえて息をつく。それから這いつくばって塔の屋上へ向かう。

外壁上部の凹凸は難なく乗り越えられた。屋上の真ん中に、灰色で長方形の揚げ蓋が切られている。

「錠がかかっていなければいいが！」

ためらいがちに取っ手を握る。安堵のため息が漏れる。蓋は持ち上がった。

体を素早く滑り込ませ、蓋をゆっくりと着実に下ろして完全に閉めた。それから、意を決して階段に踏み出す。

ほんのかすかな軋みにも足を止め、長いこと待ってから再び動き出す。足先の感覚で、ようやく寝室の寄せ木張りの床に届いたのを確信した。数歩先に、細い光線がドアの輪郭を縁取っている。

さらに慎重にドアに近づき、手を伸ばしてノブをつかむ。五分近くかけてノブを回し、体がすり抜けられるだけ開く。時おり階下の書斎から声がはっきりと上がってくる。

探偵は小さな踊り場で四つん這いになった。そこから部屋を丸く囲む壁に沿って階段がついている。

彫刻を施した手すりの支柱までそろりと進む。室内が見える。

書斎を照らす明かりは一つだけだ。伯爵も夜の訪問者も、革製のどっしりした肘掛け椅子に掛けている。今は二人とも動かず、話さない。

少しの間、二人はそのままの姿勢を保っていた。それから、館の主人がひどく神妙にゆっくりと、右手を上げた。長いこと顎をなでてから、手をさらに上げて髪の毛を梳(す)いた。

不意に手を下げると、伯爵はしばらく動かなかった。それから、相変わらず神妙に、同じ仕草を繰り返した。

手を下ろすと、今度は息子が動く。顎をなで、髪を梳く。

「馬鹿な」とブリュネルは思った。こんなことをするために夜中にわざわざ顔を合わせているのか。あるいは、二人とも頭がおかしいのか。

憶測はすぐに中断された。

伯爵が立ち上がったのだ。しばらく行ったり来たりした後、不意につぶやく。

「簡単なことだよ。説明しよう」

「いいぞ」とブリュネルは思った。

だが、その言葉どおりに説明してくれるどころか、伯爵は繰り返すだけだった。

「簡単なことだよ。説明しよう」

言い終わると、今度は息子が続ける。

「簡単なことだよ。説明しよう」

そして、今度は声を揃えて、二人で繰り返す。

「簡単なことだよ。説明しよう」

出し抜けに伯爵がつけ加える。

「どうぞお先に」

二人の男は、あるときは声を合わせ、あるときは一人ずつ、その言葉を五、六回ほど繰り返した。

それからしばらく無言が続き、やがて若いほうが沈黙を破る。

「無理を言っちゃいけませんね」

「いや……無理を言っちゃいけませんね」と伯爵。

またもや同じ文句がこだまのように響く。

「無理を言っちゃいけませんね」

ブリュネルは汗がこめかみを伝い、喉が締めつけられるのを感じた。

荒っぽい稼業に携わってきたせいで、これまでもたびたび、奇妙な場面はもとより、身の毛もよだつ場面にも居合わせてきた。それでも、これほど不穏な印象と違和感を与える場面は見たことがない。

たしかに、声さえ聞かなければ、目の前の光景は想像しうるかぎり最もありふれた家庭生活の一こまに見えただろう。父親と成人した息子が陽気に仲睦まじく語らっている。これほど自然なことがあろうか？　だが、二人の発する言葉は日常的であるがゆえに不気味なのだ。

「こんなことで僕が喜ぶと思っているのかい」そのとき、二人が四度目にそう繰り返した。

再び沈黙があった。

「空（くう）の空」と伯爵が始めると、

「いっさいは空である」と相手が締めくくった。

聖書の『伝道の書』（別名『コヘレトの言葉』）に出てくるこの有名な格言が、十度ほども塔の中に響いた。

ブリュネルは拳をゆっくりと顔に持っていき、額を抑えた。

「ともかく遊びではない。なぜだ、いったいなぜだ？」

筋の通りそうな答えはただ一つ、狂気だ。

この二人は昼間は正常で、というより、他人の前では自らの欠陥をうまく隠し通しながら、夜ごと、子供じみた馬鹿げた性癖を満足させているのだろうか？

探偵は思わず、血がにじむほど自分の肌に爪を立てていた。

「いや、頭がおかしいわけではない」

この種の病気にはいやというほど接してきたから、間違いようがない。伯爵家の二人が精神に異常をきたしているとしたら、昼間あんなに完璧に自制できるわけはない。

「それなら、夜にしか現れない狂気か？……まさか。どうかしているのは俺のほうだ」

ケルヴァレク伯爵が書き物机の天板を下げる。

「ブランデーを一杯どうだい、ジャック？」

「パパが飲むなら」

伯爵が瓶の栓を抜くと、二人は笑い出した。

そのとき、ブリュネルの頭にある考えが浮かんだが、すぐにそれを打ち消した。二人は探偵に盗み見されていると知って、無礼者をからかってやろうと一芝居打ったのではないか。

だが、伯爵は人をかついで面白がるような人間ではない。

それに、差し向かいの二人はとにかくありのままの自然な様子で支離滅裂な会話をしていた。

探偵は午前中にドゥニーズがしてくれた話を細部まで余すところなく思い出した。その話を聞いたせいで、今、この異様な場面を目の当たりにしているのだ。

婚約者のしごく当然な質問に対する青年の答えが、耳の中で響く。

「わけは訊かないでくれ、ひどい話なんだ！」

そして、寝室に戻りましょうと促す彼女に彼は言った。

「後でね。ああ！　もう終わっていたらよかったのに」

何が終わっていれば？

いったい、どんな摩訶不思議な力に取り憑かれて、この二人は夜ごと、他人にはわけのわからない儀式を執り行っているのか？

いったいどんな作法によってこの儀式の次第が取り決められ、二人の参列者はどうしようもなく退屈な台詞を大真面目に繰り返しているのか？

あの台詞には何か秘密が隠されていて、館の主たちはそれを空しく探り、隠された意味を見つけるためだけに謎めいた文句を繰り返しているのだろうか？

アンドレ・ブリュネルは腹立たしげに肩をすくめた。

（それじゃ、まるで三文小説だ。妄想もほどほどにしろ、アンドレ）

唾を飲み込むのもひと苦労だ。

（筋道立てて考えろ）

第一に、今見下ろしている二人の男は正気の人間だ。ゆえに、見た目とは裏腹に、彼らの行動と意図は支離滅裂ではない。

第二に、俺は魔術や呪文など信じない。つまり、この目で見た仕草、この耳で聞いた言葉は解釈も翻訳も必要としない。

ゆえに……。

ゆえに、理解できないとすれば、起こっていることのすべてが見えていないせいであり、発せられた声のすべてを聞いていないせいであり、抜け落ちている部分があるせいなのだ。

ブリュネルは苦心して二本の支柱の間から頭を出し、息を潜め、心臓の鼓動を抑え、全身の神経を集中して目を凝らし、耳をそばだてた。

明かりは書斎を弱く照らすだけだったものの、すぐにはっきり見てとれたのは、二人のほかに誰もいないことだ。二人のやり取りを見ているのはブリュネルだけである。

伯爵は二つのグラスを満たす。

「ジャックに乾杯」瓶を置きながら伯爵が言う。

「パパに乾杯」

一口飲む度に、声を揃えて言う。

「乾杯」

そして、伯爵は瓶をしまった。書き物机の天板を元に戻しながら、声を上げた。

「そうさ！　のるかそるかだ」

「……のるかそるか」相手がおうむ返しにする。

ブリュネルの顔に汗が流れる。顔を引っ込め、後ずさりする。

そのとき、階段が軋んだ。

二人は目を上げ、揃って階段に駆けつけた。

それ以上音を立てて怪しまれないうちに、探偵はすでに寝室の戸口を出ていた。大急ぎでドアを閉め、揚げ蓋までの階段を大股で駆け上がる。

迅速に、かつ慎重に重い蓋を戻したが、蝶番が軋んだ。塔の屋上から這い降りて屋根の上に身を伏せるのがやっとだった。

揚げ蓋の蝶番が軋む。軽やかな足音が塔の屋上へ駆け上がる。

運よく一群の雲が月を隠してくれた。二人はブリュネルのすぐ上まで身を乗り出し、闇に目を凝らす。彼らの吐く息がうなじにかかりそうだ。

「誰もいないよ、よく見てごらん……」

「いや、たしかに……」

足音が遠ざかる。揚げ蓋は閉じられた。

不意打ちを恐れて、ブリュネルは長い間待ってから動いた。それからゆっくりと自分の寝室の位置まで戻った。

樋にぶら下がり、空中で体のバランスを取って、勢いをつけ、手を離す……そして、厚いじゅうたんの上にそっと着地した。

一瞬、また庭園に下りていこうかと考えた。しかし、偵察を再開したところで収穫があるだろうか？　それに、奇妙な話者たちはもう警戒しているから、接近を企てるのはかなり無謀だ。

服を脱ぎ、心地いいシーツの間に潜り込む。

だが、不意に落ち着かなくなった。

「ともかく俺は夢を見ていたのではないし、あの二人は頭がおかしいのではない」

それでも、すぐに気を取り直した。

「今日は十分に働いた。もう考えるな。おやすみ。遠からず全力で闘うことになるかもしれないんだから」

右側を下にして横たわり、目を閉じて、深い眠りに落ちた。

第十章　イヴォンの失踪

アンドレ・ブリュネルが目覚めると、もう正午だった。

急いで身支度をして駆け下り、昼食を共にしようと待っていた伯爵たちに合流した。

「船遊びの疲れはとれましたか？」ドゥニーズが尋ねる。

「ぐっすり眠りました」

ジャックと伯爵と握手をしながら、ブリュネルはどうしても居心地の悪さを感じてしまう。

「さあ、昼食にしましょう」伯爵が嬉しそうに声をかける。「われわれの釣った見事な鯖(さば)がどのくらい美味いか、確かめましょう」

食事をしながら、探偵はひそかに二人の様子をうかがう。塔の中の彼らが目に浮かぶ。あの異様な会話と笑いがまだ聞こえるような気がする。

ケルヴァレク伯爵は気が変なのか？　ジャックは気が変なのか？

いや。絶対に違う。

ということは？

ああ！　二人の心にはどんなに奇妙で突飛な秘密があるのだろう？　いったいどんな必要に迫

られて、夜、皆に隠れて二人きりで会い、あんなに異常で不気味な芝居をしていたのか？

ドゥニーズは前日の感想を述べ、船遊びの楽しさを語っている。

ジャックは唇を少し開いたまま耳を傾け、幸せそうに瞳を輝かせている。

ブリュネルはこの青年をとくと観察した。

（大きな子供だ。悪事などできるわけがない）

もちろん、この館に来るきっかけとなった事件と、探偵が「塔の謎」と呼ぶ出来事はあまりにかけ離れており、関係があるとは考えられない。

（二つの謎が別々にある。完全に別物だ。）探偵は繰り返す。

そして、ため息まじりにつけ足す。

（こんなにややこしい事件は初めてだ！）

ちょうどそのとき、伯爵のちょっとした問いにジャックが顔を上げて言った。「簡単なことだよ。説明しよう」

ジャックは二つの文の間にわずかな間を置き、いつもの癖で一語ずつ区切るように発音した。

ブリュネルはドキリとした。

「簡単なことだよ。説明しよう」塔の中で繰り返された台詞だ……。

この言葉には隠された意味があるのだと、ブリュネルはたちまち確信した。

何かの合図なのか？

無意識に周囲を見回す。両手を固く握りしめる。

食事が終わったことが嬉しかった。一人になって海岸へ長い散歩に出かけた。

だが、岩に砕ける波や、波が打ち寄せた無数の微細な獲物を鷗の群れが砂浜の上で奪い合うのを見ても、心ここにあらずだ。

夕食の席に着く彼の心は焦りと不安でいっぱいだった。

ところが、ありふれているのに謎めいた例の文句は一つも口にされず、ほっとすると同時に、不可解な台詞を再び耳にできなかったことが残念でもあった。意味を解明するのを諦めていないからだ。

食事が終わると、居間にはブリッジ用テーブルが設えられた。しかし、ゲームはいっこうに盛り上がらず、二回戦は後日に延期することで皆の意見が一致した。

まだ十時にもならないうちに全員がそれぞれの寝室へ引き上げた。館は再び闇と静寂に包まれる。

ブリュネルはまた二本の樅の陰になった羊歯の褥で見張りについた。

昨夜よりもずっと暗い。大きくてとても低い雲がすぐに月を隠す。

今夜は居眠りをしなかった。

真夜中も近い頃、方角はさだかでないものの、小道の砂利を踏む音がはっきりと聞こえた。

誰かが庭園内を歩いている。

砂利を踏む音が大きくなる。音がするのは急な曲がり角の向こうだ。その道はブリュネルの隠れ場所の目の前を通り、真っ直ぐ館へ通じる。

探偵はゆっくりと振り返った。

わずか十メートルほどのところから、人が近づいてくる。雲に半ば覆われた月の光は弱々しかったものの、ブリュネルにはすぐにわかった。イヴォンだ。

若い使用人はゆっくりと近づいてくる。樅のところまで来ると立ち止まり、長いこと館の周囲に視線をめぐらせ、それからまた歩き出した。

「彼も伯爵のところへ行くのだろうか？」ブリュネルは自問した。「これから昨夜のような場面を、今度は三人で演じるのを見ることになるのか？」

だが、イヴォンはすでに塔の前を通り過ぎ、向こう側に回って姿が見えなくなった。

探偵は隠れ場所から出て、抜き足差し足で館に近づく。

壁を伝い、館の裏側へ回る。慎重に頭を前に出す。

イヴォンはアネットの窓の前に来たところだ。すぐに窓が開く。彼は手すりを乗り越えて暗い室内へと消えた。窓はまた閉まった。

ブリュネルは声を立てずに笑った。

「こっちは事件とは無縁だ。だが、いずれにせよ、ここで起きた諸々の出来事を考えれば、用心に越したことはない」

辺りは真の闇となっていた。急に雨が落ちてきた。

ひどい降りで、ブリュネルは退避を余儀なくされた。走って館の正面へ回る。

「部屋で待機してもよかったのに、こんなに濡れる羽目になって馬鹿を見たな」

寝室のドアを少しだけ開いたままにし、壁に背をつけて寄せ木張りの床に座る。

ジャックが音をほとんど立てずにこの部屋の前を通っても、こうしていれば聞こえるはずだ。

(どっちもどっちだな)じっと身動きせずに二時間過ごした頃、ブリュネルはそう思わずにはいられなかった。(雨さえ降らなければ、庭のほうが楽だ)

痛む腰をさする。

(これ以上待って何になる? こんな時間だ、ジャックはもう出かけないだろう。パーティーは毎晩続くわけじゃない)

ブリュネルはドアを閉め、手早く服を脱いでベッドに入る。

雨はまだ降っていた。

＊＊＊

ブリュネルはドアを激しく叩く音で目覚めた。もう陽が高い。

「どうぞ!……どうしたんだ、ジャック?」

「イヴォンの姿が見えないんです」

ブリュネルはベッドから飛び下りた。服を着ながら尋ねる。

「見えないって? いつから? 最初に気づいたのは誰だい?」

「アネットです。イヴォンは毎朝、七時頃にやって来て、台所でアネットと顔を合わせます。八時になっても彼が来ないので、彼女が門番小屋へ走ったんです。誰もいませんでした」

「門番小屋の扉には鍵がかかっていたのかい？」

「いいえ」

「ベッドに寝た形跡は？」

「いいえ。名前を呼んで探しまわったのですが、見つかりません」

「アネットは何と？」

「何も。泣くばかりで」

身支度が終わった。二人は寝室を出た。

伯爵は後ろ手を組み、落ち着かない様子で居間の中を行ったり来たりしている。

「ジャックからお聞きになりましたか？……まったく、今度は何が起こるのでしょう？」

「アネットはどこです？」

「女中部屋です。ドゥニーズが付き添っています」

ブリュネルはその小部屋へ行った。

「ブリュネルさん……イヴォンを見つけてくださいますね、きっと？」哀れな娘がつぶやく。

探偵はドゥニーズに合図をして席を外させ、若い女中と二人きりになった。

ベッドに掛けたアネットの横に座り、優しくその両手をとる。

「イヴォンを見つけるためにできるだけのことをすると約束するよ。ただ、そのためには君の助けも必要だ。わかるね、私を助けてくれるね？」

アネットは頬を少し赤らめただけで、答えない。彼は続けた。

「昨夜、イヴォンが帰っていったのは何時だった?」

「それは……十時頃ですわ、いつもどおり」

探偵が指の関節を鳴らす。

「本当に帰っていった時間を訊いているんだよ」

彼女は長いことためらってから答えた。

「三時でした」

「雨はまだ降っていた?」

「土砂降りでした」

探偵はがっかりしたようだ。

「それじゃ、足跡はないな」

彼女は驚いた顔でブリュネルを見て、急に意を決して言った。

「本当のことを申し上げます。私たち、言い争いをしました。彼にいろいろ言ってしまいました……。つまらない理由で、ずいぶんひどいことを言ってしまったのです」

泣くばかりで言葉が続かない。質問を再開するまで、しばらく待たなくてはならなかった。

「イヴォンがそんな口喧嘩のせいで出て行ってしまうような男だと思うかい? 彼がいなくなった理由はそのほかにありえないと思うの?」

アネットは首を振り、絶望して言う。

「わかりません。喧嘩したのは初めてでしたから。でも、カッとしやすい質（たち）です」

ブリュネルは難しい顔をして考え込む。

「イヴォンが出て行った後、おかしな物音を聞かなかったかい？　何か変わった気配はなかった？」

「何も気づかなかったし、聞こえませんでした。闇夜で、雨が強く降っていましたし」

「口論の後、すぐに出て行ったのかい？」

「すぐに」

「木靴（サボ）は履いていなかったね？」

「ええ、室内履きでした」

それを最後にブリュネルは立ち上がり、捜索に全力を尽くすことを、かわいそうな娘に今一度約束し、窓を開けると、地面に飛び下りた。

小道を調べたが、無駄だった。予想どおり、何の痕跡もない。

急ぎ足で、今度は門番小屋へ行ってみる。

「足に泥がついていたはずだから、イヴォンが小屋に戻ったかどうか、見ればわかるだろう」

だが、小屋の二部屋のどちらを調べても、一時間前に訪れたアネットのものとすぐにわかる足跡しかない。

小屋を後にした探偵は表門に近づき、注意深く検分した。

「真面目なイヴォンが大金を持って夜に遊び歩くわけはないから、金を取りに小屋へ戻らなかったとすれば、たいしたことはできないし、遠くへは行かないだろう。それなら……」

だが、この若者の失踪が自らの意志によるという証拠はあるだろうか？

館の前ではジャックと伯爵が議論に熱中している。

「どうでしたか、ブリュネルさん？」

探偵は残念そうに答える。

「わかりません。まだ捜査中です」

「ああ！　どうしましょう、何をすれば？」

「イヴォンの家族や友達をご存じでしょう。彼が昼までに戻らなければ、知らせなくてはいけませんね。ラベールヴラックの駅にも問い合わせなくては。もしも彼が自分の意志で出て行ったなら、急いで捜す必要はないでしょう。むしろ、自ら戻ると決めるまで時間を与えるほうがいいと思いますが」

「しかし、彼が自分の意志に反して出かけたということは考えられませんか？」

ブリュネルは答えずにその場を離れた。館の裏手へ回り、庭園の小さな裏門へ向かう。目は片時も地面から離さない。

裏門を出ると、海風を胸いっぱいに吸い込んだ。

潮位がかなり低く、海は空の白さを映し、じきに空と渾然一体となる。

今度は足元に連なるごつごつした巨岩に目を凝らしながら、探偵は海岸沿いの遊歩道をたどる。

時おり立ち止まって身を屈め、引き潮が残していった潮溜まりを丹念に調べた。それから考え込み、時に声を出して独り言ちながら、同じ道を戻っていった。

二人の漁師がブリュネルの声を聞き、彼が人差し指で額を叩きながら遠ざかるのを眺めていた。

第十一章　最期の警告

正午が近づき、ブリュネルが館へ戻ろうとしていると、岩を荒く削った階段を上るニコル医師が目に入った。

籠を小脇に抱え、すくい網を肩にかつぎ、何かわからない青い物を頭の上で振り回している。

「おや！　先生だ。あんなに慌てて、どうしたのだろう？　気が動転しているようだ」

ブリュネルが走って階段まで来ると、ちょうど老医師も段を上りきったところだった。

「ブリュネル君！　ああ！　ちょうどよかった。これをご覧なさい」

医師が、さっき見えた青い物を差し出す。

それはベレー帽で、何か文字が書かれていたようだが、ほとんど消えている。

「おそらくイヴォンのです」

ブリュネルの顔が険しくなる。

「まさしく！　彼の帽子ですね」

「それに……内側をご覧なさい」

探偵はベレー帽を裏返す。裏側に茶色い染みがいくつもついている。

「どこでこれを？」

「ここから真っ直ぐのところにある、あの潮溜まりじゃよ。わしが最後に網を入れた場所じゃ」

ブリュネルは医師を館へ伴い、道すがら事情を手短に説明した。

「それはただ事ではありませんな……。なにしろ、この茶色い染みは……」

「ええ、間違いありませんね」

二人は館へ着いた。

ブリュネルが全員を集める。

「皆さん、残念な知らせです。気の毒なイヴォンは怪我をして岩場に倒れているらしい。一刻も早く捜しましょう」

五分もしないうちに、全員が縄底の布靴（エスパドリーユ）を履き、鉤つき棒を携えて、難所を捜索する装備を整えた。

アネットには隠れて、ブリュネルは伯爵親子に血痕のついたベレー帽を見せた。二人はそれがイヴォンの物に間違いないと認めた。

捜索隊は散り散りになった。

伯爵とジャックは別々の方角へ向かい、ドゥニーズは医師に同行した。運よくイヴォンを見つけても、老医師一人では連れて帰るのが難しいと思われたからだ。

アネットはどうしてもブリュネルから離れようとしない。婚約者を見つけてくれるのはブリュネルに違いないと決めてかかっているのだ。

＊＊＊

潮が再び満ちてきたので、ブリュネルとアネットは、すでに波に洗われかけている岩のほうから捜し始めた。

岩のなかには、高さが二メートルを超えるためによじ登らなければならないものもある。また、岩が穿たれて洞窟やトンネルとなり、腹這いになって進まなくてはならない場所もある。

岩の突端を次々と越えて、内側が滑らかな岩窟を一つずつ調べ、深くて中が見えない潮溜まりを探るたびに、ブリュネルの胸は騒いだ。

アネットは悲嘆にくれて茫然としながら彼の後を追う。

探偵は時おり耳をそばだてる。次第に大きくなる波の音よりも高く、叫びか呼び声が響いたのではなかろうか?

だが、無駄だった。聞こえるのは無情に繰り返される海鳴りだけだ。

やがて、ブリュネルとアネットは引き返さざるを得なくなった。低い岩の頂はもう見えなくなり、高い岩の上部が島となって顔を出している。最初にできた潮溜まりは海に飲み込まれていた。

骨折の危険を冒しながら、二人の捜索者は岩から岩へ跳び、ぬるぬるする海藻の上を走る。

時おり、突き出た岩の上でブリュネルが手びさしをしてあたりを見渡す。だが、仲間の姿は見えない。遠すぎるか、花崗岩の岩壁に完全に隔てられているのだろう。無意識に振り返る。黒っぽい建物を見つめる。連なる巨岩の上にそびえる〈震える石〉までは二百メートルと離れていない。

激しい憤りに体が震える。

「ああ！　いったい何なんだ、どうなっているんだ」

再び足を速める。アネットは終始、後をついてくる。涙で目を曇らせながらも、きわめて狭い突起でも、ひどく険しい岩の頂でも、ブリュネルに引けをとらず確かな足取りで山羊のように敏捷に飛び越える。

捜索を始めてから二時間以上が経つ。探偵はもはや、いくら探しても無駄なのではないかと思い始めた。できることなら、館へ帰ろうと若い女中に提案したかった。

すでに仲間が不運な若者の遺体を運んでいるかもしれないではないか？

……長い隘路(あいろ)を抜けたところで、ブリュネルは不意に声を上げた。群生した藻の三歩ほど先に、腕と、拳を握った手が見える。

ブリュネルは一跳びでそこまで行った。

イヴォンは仰向けに横たわっている。両脚とうなじは潮溜まりに浸かり、体は石の上に乗っているお陰で少し持ち上がっている。

額に傷があり、上着が赤く染まっている。ブリュネルが無我夢中で上着の前をはだけると、左胸の上のほうに小さな刺し傷があり、周りに血が固まっている。

小さいが深いその傷に、数秒の間、目が釘づけになる。振り上げた腕を素早く下ろす黒い影が一瞬、脳裏に浮かぶ。

「短剣だな！」ブリュネルはつぶやく。

不安でいっぱいになりながら、手をイヴォンの心臓に当てる。

「生きている」

アネットが隘路から出てきた。ブリュネルの言葉を聞くと同時に、婚約者の姿を見る。ひざまずいて怪我人の冷えきった顔に唇を当て、息を感じる。

「助かったのね！」

助かった？

ブリュネルは少し後ろからイヴォンの顔を見る。頭を囲む海藻の緑色とは対照的に、青白い。これまで大勢の人間が死んでいくのを見てきたから、間違いない。こんなふうに鼻孔がすぼまり、唇が半開きになり、目がどんどん落ちくぼんでいくのを、いやというほど見てきた。ブリュネルは悲しげに首を振る。

それでも、一刻も早くそこを去らなくてはいけなかった。隘路に波が流れ込み始めたからだ。

ブリュネルは自分のシャツを裂いて怪我人の胸に応急の包帯として巻き、彼の体を肩に担いだ。

二人は少しずつ上へ向かう。今度は道を知っているアネットが先に立ち、石が不安定でないか、穴が深くないか確かめて、探偵の安全に気を配った。

ときおり、代わる代わる大きな声で長く叫び、仲間に知らせようとした。だが、岩に砕ける波の轟音がその呼び声をかき消す。

十五分近くかけて遊歩道まで達したときにはブリュネルは疲労困憊し、二人はやっとの思いで庭園の裏門へ通じる荒削りの階段を上った。

門は半開きになっていたため、仲間たちがすでに捜索を諦めたものと思ったブリュネルは、門をくぐると、すぐにまた大声で叫んだ。

そのとき、難路を運ぶ際の振動がこたえたのか、怪我人が意識を取り戻し、うめき声を上げた。ブリュネルは手近な苔の褥（しとね）にソッと彼を下ろした。

イヴォンは目を開け、驚いたように視線をぼんやりと泳がせたが、アネットにもブリュネルにも目を留めない。かわいそうに、二人の顔がわからないのだ。

ところが、その視線が不意に止まった。同時に蒼白な顔にほんの少し生気が戻ったようだ。若者の表情が変わる。思い出そうと努めているのが見てとれる。脳をかすませる濃い霧を追い払おうとしているのだ。

急に苦しげな顔をしたかと思うと、イヴォンは尋常でない恐怖の表情を浮かべた。最後の力を振り絞り、体を起こして手を館の方向へ向ける。

ブリュネルとアネットは同時に館のほうを向いた。

二階の窓に誰かが寄りかかり、こちらを見ている。

「ジャック！」ブリュネルが叫んだ。

ジャックに下りてくるよう身振りで命じてから、怪我人の上へ身を屈める。

イヴォンは大きく見開いた目に言い知れぬ恐怖の色を浮かべ、相変わらず窓を見つめる。まるで、若い主人の寝室で何か恐ろしいことが起きているかのように。

顔が苦しそうにゆがみ、口が開き、唇の間から叫びが、まさに絶望的な叫びが漏れる。

「ジャック様を……助けて……あいつに殺される……」

イヴォンが後ろに倒れる。うなじが激しく地面にぶつかる。

イヴォンの最期の警告はあまりに重く、ブリュネルは茫然として再び館を振り返った。

窓は開いたままだ。だが、そこにはもう誰もいなかった。

探偵は底知れぬ恐怖を感じ、一瞬、体が凍りついた。

そして、憑かれたように館へ向かって突進した。アネットは長く悲痛なうめき声を漏らしながら、婚約者の遺体の上で気を失った。

第十二章　不可思議な犯罪

「ジャック様を……助けて……あいつに殺される……」

死にゆく者の謎めいた恐ろしい言葉が無限に増幅され、館へ急ぐブリュネルの耳に響く。

勢いよく開けた玄関の扉が壁にぶつかる。瞬く間に居間を抜けて階段へいたる。

階段を四段ずつ駆け上ると、ジャックの部屋のドアまで最後に一跳びした。

だが、あまりの驚きに、戸口に釘づけになった。

部屋にはもう誰もいない。

誰もいないが、家具がおおかたひっくり返され、引き出しが開けられている。

寄せ木張りの床の真ん中に、赤い液体が溜まっている。

「ああ！　まさか！　なんてことだ。ジャック！　ジャック！」

家具や壁にぶつかりながら、室内へ駆け込む。

浴室のドアへ突進したが、開かない。掛け金が寝室側から掛けられている。

荒々しくドアを引き、浴室を一瞥する。誰もいない！

廊下へ走り出て、ドアというドアを開ける。

「ジャック！……ジャック！……」

床に敷かれたリノリウムに不意に目が留まる。

細長い敷物の中程に血が滴っている。今垂れたばかりのようだ。

体を屈めると、二本の筋が長く並行にジャックの部屋から階段へ続いているのがわかる。人の体を引きずったときにできる靴の跡のように見える。

階段にも同じように血痕があった。

「おかしい。ここに来るまで三十秒とかかっていないぞ。ジャックは窓辺にいた。あんなに短い時間で倒せるはずがない。しかも、かなり抵抗したことが、部屋を見ればわかる」

階段を三跳びで下り、居間を抜けると、そこにも点々と赤い染みがあった。

玄関まで来たとき、館の表側からエンジンの排気音がした。

リボルバーを手に、ブリュネルは玄関の扉を開ける。

五十メートルほど先をサイドカーつきオートバイが突っ走り、片方の扉が開いた表門を猛スピードで通り抜けた。

探偵が腕を伸ばす。銃声が三発、轟く。

オートバイはひどく蛇行して止まった。タイヤがパンクしたのだ。

運転していた男が転がり落ち、門のほうへ走る。

ブリュネルが引き金を引く。弾が耳をかすったらしく、逃亡者は慌てふためいて跳び上がった。

その姿が消えると同時に、最後の弾丸が門のペディメントに当たり、大きな石のすぐ下にめり込んだ。

ブリュネルが怒号を発しながら道へ飛び出す。数秒でオートバイのところまで来た。

なぜサイドカーがカバーで覆われているのだ？

下に何を隠しているのだ？

震える手で四角い布を持ち上げる。何が現れるか覚悟していたため、驚きはしなかった。

ジャックは狭いサイドカーの底に縮こまり、目を閉じている。顔の半分が、ペンキでも塗ったように血まみれだ。

探偵はたっぷり五分ほどもその場に立ちつくし、腕をだらりと下げて茫然としていた。

分が悪い勝負だ。これ以上闘って何になる？　もう降参したほうがよくはないか？

この館の客となってから、俺はいったい何をした？

何の役に立った？

闇に潜む賊は好きなだけ暴れて、高笑いしているだろう。

俺は皆に笑われないうちに、もう尻尾を巻いて退散すべきではないか？

ドゥニーズに誓った言葉が蘇る。

「あなたとジャックを無事に結婚させることを誓います」

それなのに、ジャックはここで血まみれになり、命に関わるかもしれない怪我をしている。

探偵は身を屈めた。機会仕掛けの人形のようにぎこちなく、青年の体を抱き上げる。

怪我人はうめき声を上げ続けるが、運んでいるブリュネルの耳には聞こえない。探偵は独り言ちた。

「じっくり考えよう。ジャックが襲われたのは、俺が窓から目を離した瞬間だと仮定する。イヴォンの断末魔は三十秒くらい続いた。その後でまた窓を見たら、もう誰もいなかった。それから館へ向かうまでに浪費した時間は五秒くらいのものだろう。ジャックの部屋まで行くのにどれくらいかかっただろう？　せいぜい二十秒か。合計すれば、三十に五と二十を足して五十五秒。まあ一分としよう。格闘し、拉致するには短すぎる。あり得ない！　いずれにしても、俺の推理が間違っている。俺が館の中へ入ったそのときから、殺人者が俺に見られずにジャックの体を運ぶのは不可能になったはずだ。俺が玄関のドアを開けたとき、つまり四十数秒後に、襲撃も拉致も終わっていなければいけない。だが、くそっ、俺はまた間違えている。事件はその四十秒よりも前に起きたのだ。かわいそうなイヴォンが警告したのだから。ジャックは窓辺に姿を見せたとき、すでに負傷していたのか？　違うだろう。ジャックと俺は互いを見た。それなのに、なぜジャックは何も言わなかった？　いや、襲撃はジャックが窓辺に現れてから行われた、そして拉致は……」

ブリュネルの長い独白は途中で止まった。浴室からの不可解な脱出のことをまた思い出したのだ。

二つの出来事は似ているのではないか？　ただし、相違点が二つある。今回、謎の人物は一人で姿をくらませたのではなく、もう一人の体を運んでいた。また、最初に消えたとき、賊は逃げ道に何の痕跡も残さなかったが、今日は血痕と足を引きずった跡があった。

二階の敷物、階段、居間に残された血痕と足の跡は、ジャックの部屋を出た犯人が館の玄関へいたる唯一の経路をたどった証拠だ。

「だが、俺が来る前、奴には逃げ出す時間がなかった」ブリュネルは声を上げる。「奴は俺がジャックの部屋へ向かって居間を抜け、階段を上がる間に逃げたはずだ。絶対に鉢合わせするはずなんだ」

探偵は自分が思考力をなくしたかのように感じた。

館の近くまで来たとき、庭園の裏で複数の叫び声が上がった。

ジャックの体の重みで前屈みになりながら、ブリュネルは館の裏へ回る。

ドゥニーズ、伯爵、医師が敷地内へ戻ってきたところだった。皆うろたえ、横たわったイヴォンの遺体とアネットのほうへ駆け寄る。

遺体の傍まで来たとき、ちょうどブリュネルの姿が彼らに見えた。ブリュネルは肩に背負ったものを見せまいと、向きを変える。だが、遅かった。

医師と伯爵はショックで凍りつき、足がぴたりと止まった。伯爵の顔には底知れぬ絶望が表れている。

ドゥニーズはさらに数歩歩き、腕を伸ばしたかと思うと、意識を失ってくずおれた。

＊＊＊

「先生、いかがです？」

「たいした怪我ではなさそうじゃ。安心なさい、ドゥニーズ。だいぶ失血しているが、傷は浅い。どうしたわけか、なかなか意識が戻らないが」

ジャックは穏やかな顔で、頭に包帯を巻かれて居間のソファに寝かされている。慎重を期して、怪我人を二階へは運ばなかった。一階の広い部屋にはすでに病室の重苦しい空気が満ちている。

ドゥニーズは背中をピアノにもたせかけて相変わらず震え、伯爵は医師が手を洗う様子を注視している。

「こん棒か鈍器のような物で殴られた傷ですな。幸い急所は逸れています。そうでなければ、ひどい骨折だったでしょう」

医師は念入りに手を拭う。

「これから気の毒なイヴォンを検死します。ブリュネル君からの依頼です」

館の主とドゥニーズは怪我人の枕元に座り、医師は用具をまとめると往診鞄を小脇にはさんで館を後にし、門番小屋へ向かう。

ブリュネルがすでに小屋に遺体を運び入れ、アネットの傍についてやっていた。

不幸な娘は意識を取り戻してからずっと、ブリュネルの肩の上ですすり泣いている。

ブリュネルが問いかけるように医師を見る。

「ジャックはどうですか？」

医師の見立ては館で話したときほど楽観的ではない。

「何より意識を取り戻してもらわないといかん。頭にあれだけの打撲を受けたら……」

医師は懸念を明らかに示すと、ブリュネルに合図してアネットを下がらせ、遺体の上に屈み込む。

しばらくすると、医師は低い声で説明を始めた。

「刃物による刺し傷です。長くて非常に鋭利な刃でしょうな。全身にあざが多数ある。おそらく岩場に転落したのでしょう。気の毒だが、これほどの傷を負いながら、あれだけ息絶えずにいたのは珍しい。夜のうちに襲われたと思われますからな。解剖すれば、死亡時刻ははっきりするでしょう」

アネットにはすぐに戻ると約束して、男二人は緩やかな足取りで館へ向かう。

「それにしても恐ろしいことが次々と起こるが、ブリュネル君の推理は？」

「私の見解では、イヴォンは私にはわからない何らかの目的のために昨夜、庭にいた。そして、たまたま賊と出くわした。賊がいったい何をしに来たのかは謎ですが。不運なイヴォンは犯罪の現場をおさえたのかもしれません、彼の最期の言葉からすると。ああ！　その言葉がたちまち現実になるとは。

犯人はこの邪魔な目撃者を倒し、岩穴に投げ込んだ。波がさらってくれると期待したのでしょう」

「じゃが、実際、五時には満潮でしたぞ。穴には水が溜まり、イヴォンは溺れていたはずじゃ」

「それも考えました、先生。海水の冷たさで意識を取り戻し、岩の上までよじ登ったが、数時間後にまた落ちてしまったのかもしれません」

「なるほど、あり得ますな。それで、ジャックは？」

ブリュネルは医師を立ち止まらせ、事件について知っていることをゆっくりと事細かに話した。イヴォンの体を担いで庭園まで戻ったこと、ジャックが窓辺に現れたこと、死にゆくイヴォンの警告、館までの疾走、賊は逃げる暇がなかったにもかかわらず、何らかの方法で犠牲者をさらって消え失せたこと。

人の好い医師は茫然として空を見上げ、首を振る。

「じつに奇っ怪じゃな、ブリュネル君。奇っ怪千万じゃ」

「ええ、先生。奇っ怪です。浴室からの脱出もしかり。ここで起こることはすべてそうです」

探偵は肩をすくめ、怒気を帯びて言う。

「ともかく、もはや警察に隠して口をつぐんでいるわけにはいきません」

そして、長い沈黙の後でつけ加えた。

「いや！　犯人を出し抜き、打ち倒すと心に決めたんだ、誰の助けも借りずに、独りで！」

その口調には心からの苦い思いがこめられていた。ブリュネルの顔に表れた失意の色が医師の心を動かした。

「ブレストの予審判事、ゴンタール氏とは懇意にしておる。いずれわかるじゃろうが、愛すべき男ながら裁判官にはまったく向いておらん。彼は君をたいへん尊敬しておる。彼なら、君が自由に動くのを邪魔するはずがなかろう」

アンドレ・ブリュネルが医師の手を固く握り、二人はまた歩き出した。

「動く！……そう、動かなくては。でも、どう動けばいいのでしょう、先生？　攻撃をかわすことすらできない敵を、どうやって倒すのです？　敵は神出鬼没で、悪事を働いては姿を消す。われわれは対等な武器を持たずに闘っている、そこが問題です。あいつの強み、得意技は、物質も時間もやすやすと超越できることです。その方法さえ見つければ、こっちのものなのだが、今のままでは……」

ブリュネルは言葉を切る。居間の窓が急に開いた。ケルヴァレク伯爵が顔を出し、腕をむちゃくちゃに振っている。

「早く、早く来てください！」

二人は駆け出した。居間に入ったとたん、新たな不幸が館を見舞ったのがわかった。

ドゥニーズは青ざめた顔で婚約者の傍らに跪いている。ジャックは目を開けたところだ。だが、彼女が見えていないようだ。無言で半開きの口に笑みを浮かべ、ピアノを見つめて目を輝かせている。その表情からは間違いようがない。

不運な青年は正気を失っていた。

第十三章　盗まれた手紙

　翌朝早く、ブレストの検事たちが〈震える石〉にやって来た。

　予審判事はニコル医師が語ったとおりの人物だった。そのうえ、大審裁判所検事は明らかに予審判事に丸投げしたがっている様子だったため、ブリュネルは、出方次第で捜査を仕切れそうだと踏んだ。

　ドゥニーズの旅行中の事件に始まり、館で相次いだ出来事をすべて司法官たちに詳しく説明したが、婚約者たちの深夜の遭遇と、塔の中で盗み見た不可解な会話のことだけは伏せておいた。謎だらけの事件の数々について聞かされ、判事は頭を抱えた。

「常軌を逸した話ですな。ブリュネルさん以外の人から聞いたら、間違いなく、司法官を馬鹿にするなと一蹴するでしょう」

　検事のほうはすっかり気圧された様子で首を振りながら繰り返している。

「まさか、そんなことがあるはずは……」

　会談は食堂で行われた。居間からは時おりうめき声が上がる。ブリュネルが言う。

「いわば、真実はあの不運な青年と共にあるのです。彼の口から明かされることを祈りましょう」

「彼に少しだけ話しかけることを、ニコルは許可してくれるでしょうな」

「判事さん、それは無駄でしょう。ジャック・ド・ケルヴァレクは訊かれたことを理解できません。ニコル先生が言うには、記憶をなくしていてもおかしくないそうです」

「いずれにしても、一時的な症状だと請け合ってくれました」

「ありがたい！　それに、頭蓋に受けた打撃が原因ではなく、もっぱら強い精神的打撃による症状だとのことです。検事さんと判事さんもよくご存じでしょうが、激しいショックや極度の恐怖が痛ましい症状を引き起こすことがままあります」

　予審判事は机代わりにしていた食卓を離れ、室内を大股で歩き回っている。

「ブリュネルさんの説明を聞いて考えれば考えるほど、われわれの前にある謎はただ一つで、それさえ解決すれば、別々に起きた不可解な出来事をすべて解明できる気がしてきました」

「私にも、そのように思えます……。そして、ジャックはすでにその真相を知っています。あの気の毒な青年が、襲撃されたときの状況を思い出してくれさえすれば……。拉致の状況を聞き出すのは無理でしょう。その時点で、もう意識を失っていたはずですから」

「かわいそうなイヴォンも、おそらく殺人犯の秘密を見破り、そのために命を落としたに違いない」

「ええ、彼は知っていたのです。判事さん、覚えていますか。アネットと私は、ジャックが寄りかかっている窓を見ていましたが、何も気づかず、何も見えませんでした。われわれにとっては、見るべきものは何もなかったからです。ところが、イヴォンは犯罪を感じ、犯人の振り上げた腕を見て、虫の息で警告したのです。『ジャック様を……助けて……あいつに殺される』と」

探偵が言葉を切ると、沈黙が続いた。居間では、スプーンでカップをかき混ぜる音がする。

「さあ、ジャック、これを飲んで。頑張って」

その声は涙でくぐもっている。

予審判事が深いため息をつく。

「困るのは、行動を起こす手だてがないことですな」

そして、言いにくそうにつけ加えた。

「捜査しても成果が望めるかどうか……」

そして、絶望したようにアンドレ・ブリュネルのほうを見た。

＊＊＊

司法官の恐れていたとおりになった。懸命な捜査が行われたものの、小さな収穫が二つあっただけだったのだ。

まず、犯人がやむなく庭園に置き去りにしたサイドカーつきオートバイを誰が売ったかは、すぐわかった。ブレストの自動車修理工だった。残念ながら、その客に関する詳しい情報は何も得られなかった。

オートバイが偽のナンバーをつけていたことは言うまでもない。

次に、地域内をしらみつぶしに調べた結果、〈震える石〉から二キロメートルほどのところにあるかつての税関倉庫で、犯人が使ったと見られる物がいくつか見つかった。缶詰、ガソリン入りブリキ缶、蠟引き布のカバーだ。

それですべてだった。

当然ながら、容疑者として逮捕された者が何人もいたが、しかるべき検証の末に、いずれも濡れ衣と判明して釈放された。

イヴォンの解剖からも新たな事実は何一つ得られなかった。この忠実な使用人は天涯孤独だったため、ケルヴァレク伯爵の意向に沿って、一家の立派な地下埋葬所に葬られた。そこにはジャックの母親である伯爵夫人も眠っている。

それから一週間、館にはひっきりなしに司法官、刑事、医師、憲兵が出入りした。

だが、厳しい箝口令が敷かれ、記者たちがいくら取材に精を出しても無駄だった。予審判事と、それ以上にアンドレ・ブリュネルは少しも情報を漏らしてくれなかった。

……そして、騒動は下火になった。館への訪問は間遠になっていった。

再び、〈震える石〉に静けさが戻った。

館の暮しは大きく変わった。

ブリュネルは居間にベッドを運び込み、この部屋をなるべく離れないようにした。ドゥニーズはアネットと一緒に女中部屋を使うようになった。伯爵はお気に入りの塔を不承不承出て、食堂で寝起きした。

　こうして、館の住人が全員、一階に集まり、いざというときには即座に力を合わせられる態勢を整えた。

　ニコル医師は暇さえあれば〈震える石〉に立ち寄った。患者の容態には日々、好転の兆しが見られた。

　青年の頭の傷はもうふさがって薄くなりつつあり、眼差しからは混乱した表情が次第に消えていった。

　患者が一言も言葉を発しないことだけが、医師の心配の種だ。だが、医師はドゥニーズの前ではきわめて楽観的に振る舞った。

「辛抱強く待てば、いずれ言葉と意識が同時に戻る。よくあることじゃよ」

　アネットはいつもどおり仕事を続けた。彼女の落ち着いた静かな様子を見るにつけ、ドゥニーズは自分が嘆き悲しんでいるのが恥ずかしくなる。

「私がアネットの立場だったら、どうかしら？」

　若い女中はもう涙を見せず、泣き言もけっして言わなかった。

　埋葬を終えたとき、ブリュネルが差し出した手を両手にとって、アネットは言った。

「誓ってくださいまし、あの人の仇を討つと」

「誓うよ」

　アネットはブリュネルを信じて待っている。

……毎晩、探偵はまんじりともせず、ベッドで悶々と寝返りを打つ。

「お前はドゥニーズにジャックと結婚させると約束し、アネットには死んだイヴォンの仇を討つと約束した。約束、約束……そのあげくに何がわかった？　何をした？　何もしていない！　何も！　何も！」

憤りが昼間に抑えていただけによけい激しくこみ上げ、眠気に屈するまで、枕を嚙んでひどい悪態をつき続けた。

ジャックが襲われてからちょうど二週間後のその朝、ブリュネルはすこぶるいい気分で目覚めた。患者の看護のために起きなくてもよかったのは、その夜が初めてだったのだ。

ジャックはまだ眠っている。心地よさそうな穏やかな顔をしているので、探偵の期待も高まる。

「よし、もうじき新事実を明かしてくれそうだ」

大時計を見る。九時半だ。窓を開け、いつもの体操をする。

その間、隣室に足音が聞こえた。ドゥニーズだ。

「お嬢さんは俺がまだベッドにいると思っているのだろう。愛しいジャックに早く会いたいだろうから、待たせてはいけない」

急いで服を着て、居間を出る。

ドゥニーズと未来の義父が玄関で空を見上げている。

「嵐が来るのは間違いないね」伯爵が言う。

「そうですの？　嵐は怖いわ……あら、ブリュネルさん」

探偵は二人が差し出した手を握る。

「ジャックは？」

「昨夜は実によく寝ました。すこぶる爽やかな顔をしていますよ、行ってごらんなさい」

伯爵とドゥニーズは静かに居間へ向かう。

ブリュネルは目を上げて雲を眺める。

「たしかに、嵐が来るな。岬に立ったらすごい眺めだろう」

食堂を通り抜ける。

「おはよう、アネット。腹ぺこだよ。ショコラをたっぷり頼む」

若い女中が湯気の立つ特大のボウルを載せた盆を持って現れた。

「おはようございます、ブリュネルさん……。手紙はご覧になりましたか？」

「手紙？　どの手紙だい？」

「そこに、テーブルの真ん中の花瓶の下に挟んでおいた手紙です」

「私宛ての手紙？」

「ええ……もちろんです」

探偵が眉根を寄せる。

「いつ来たんだい、その手紙は？」

「お庭の入り口で三十分くらい前に見つけました。郵便受けに入っていたのはその手紙だけでした。まだお休みだったので、ここに置いておいたのです。きっと旦那様かお嬢様が置き場所を変えたんですね」

「どこから来た手紙か、見たかい？」

「ええと、ロキ……ロキレックでした」

「ロキレック？」

探偵は少し考えたが、わからないと言う代わりに肩をすくめ、急いで居間へ入っていった。

ドゥニーズと伯爵はベッドの上に屈み込み、眠っているジャックを見守っている。ブリュネルは低い声で尋ねた。

「ちょっとすみません！　食堂の花瓶の下に挟んであった手紙を動かしましたか？」

ドゥニーズが驚いて顔を上げる。

「手紙ですか、花瓶の下に？　私、見てもいませんわ。どなた宛てのお手紙？」

「私です。アネットが三十分ほど前に持ってきたそうです」

伯爵が思い出す。

「たしかに。白い封筒でした。十分ほど前に見ました」

ブリュネルは拳を握りしめ、頭を垂れる。

「それなら、探しましょう」ドゥニーズが声を上げる。「その辺にあるはずですわ」

彼女はブリュネルの表情に怖じ気づいて言葉を切った。

「どうなさったの、ブリュネルさん。手紙が見えなくなっただけですわ。そうお思いになりませんか？」

「この花瓶をご覧なさい。重いです。それに、窓は閉まっているから、風も入ってこない。いずれにせよ、悪くしても床の上か家具の下にあるはずでしょう」

館の主人も険しい顔になる。

「それでは、ブリュネルさん、何者かが……」

「遠慮せず最後までおっしゃってください」

「とにかく、家の中を探しましょうよ、急いで」

「急いで?」

探偵は笑い出した。皮肉っぽく苦々しいその笑いは、聞く者を不安にさせた。

ブリュネルは二人に背中を向けると、ポケットに両手を深く突っ込み、外に出た。

長いこと庭園の小道をさまよい、憤りを込めて砂利を大きく蹴り上げる。

「部屋という部屋に昼も夜も見張りを置けということか? 館を包囲しろとでも? 犯人はわれわれを、俺を馬鹿にしている……。まあ、馬鹿にされて当然だ。俺はここで何をしているんだ?」

表門に着く。ペディメントの上で動かない大きな石を一瞥し、何気なく重い扉を引いた……。

すると、ニコル医師と出くわした。

医師は帽子も被らず、ひどく慌てているようだ。ブリュネルと出会っても、驚きもしない。

「ああ! ブリュネル君!……それで、どう思われますかな?」

「どう思うって、何を?」

「何って、手紙じゃよ、手紙！」

アンドレ・ブリュネルが医師の上着の襟をつかみ、老人の足は地面から離れそうになる。

「何ですって？　手紙？　先生、言ってください。何をご存じなのです？」

探偵の表情は恐ろしく、医師は震え上がった。どうにか身を離すと、内ポケットを探り、白い封筒を取り出す。

封筒の表には医師の名と住所が記されている。切手に押された消印がはっきり読み取れる。ロキレック。

ブリュネルはニコル医師の手から手紙をもぎ取り、無我夢中で開き、読んだ。

先生

残念なことにだいぶ日にちが経ってから古い新聞を読み、〈震える石〉で起きた恐ろしい事件のことを知りました。

あんな身の毛もよだつようなことがなぜ起きたのか、私にはわかりかねますが、私の知っていることが、真相を明らかにするお役に立つかもしれません。できるだけ早くいらして下さいませ。すべてお話しいたします。先生がジャック様の治療にお心を砕いている由、新聞で拝読し、先生におすがりしようと思った次第でございます。

すぐにいらして下さいませ。何が起きてもおかしくありません。私は怖いのです。

ロキレックにて　　マリー・カルヴェス

追伸　同じことを探偵のアンドレ・ブリュネル様宛ての手紙にも書きました。事件について調べていらっしゃると知ったからです。用心に過ぎたるはなし、と申します。それでも、この手紙はお二方以外には絶対にお見せになりませぬように。

「さて、ブリュネル君、これをまともに受け取るかね？　それとも、凶悪事件に便乗するいかれた人間のいたずらだと思うかね？」

「まともに受け取るかですって？　先生！　私の手紙は盗まれたんですよ。おそらく消印を見ただけで」

「まさか！……いや、この女性はそれを予感して警戒した。だから……」

「だから、念のために手紙を二通、書いたんだ。ああ！　ありがたい人だ……かわいそうな人だ！」

「かわいそう？」

「ええ、かわいそうです。考えてみてください、先生。あいつ、あいつの手に、私宛ての手紙があるのですよ。あいつは手紙の内容を知っているんです。ああ！　手遅れにならないうちに行かなくては！」

ブリュネルはすぐにその場を離れて車庫へ走り、素早くドアを開けた。口汚い罵り言葉が聞こえたので、医師も車庫に駆けつける。

ブリュネルが震える指で車を指す。タイヤは四本ともパンクしていた。

「畜生！　汚い奴め！……すべて見抜いてやがる……。先生、早く。先生の車をここへ、今すぐ」

ブリュネルは医師の手にリボルバーを押しつける。

「邪魔する奴がいたら、これで撃ってください。いいですね、撃つんですよ」

探偵は相手の両肩をつかみ、乱暴に庭園の外へ押し出すと、きびすを返して館へ駆け戻る。

伯爵、ドゥニーズ、アネットは居間に集まってジャックが目覚めるのを待っている。

ブリュネルは有無を言わせず、身振りで皆についてくるよう命じた。そして、居間を出ると、いきなり切り出した。

「出かけます。今から私が戻るまで、ジャックの枕元に必ず最低二人はいるようにしてください。いいですね、最低でも二人……。それと、リボルバーを手の届く所に置いておいてください」

三人はあっけにとられ、意味がよく理解できないようだ。

ブリュネルは彼らを居間へ連れ戻し、目を覚ましている患者を指さした。

「今言ったことがわかりましたね、伯爵、ドゥニーズ、アネット？　あなた方の誰も、一人にならないでください。一人では危ないので……二人、最低でも二人で、拳銃も用意して」

ブリュネルがひどく興奮しているように見えたため、ほかの三人は彼が理性を失っているのかと思った。

彼らが気を取り直すよりも先に、探偵は館を出た。門に向かって走る。

門を出て後ろ手で扉を閉めると、エンジン音のうなりが響き、嬉しそうにキャンキャン吠える犬の鳴き声がそれに重なる。

医師の小さな愛犬、ミルザが主人の許可を求める間もなく車に飛び乗り、散歩だと勘違いしてはしゃいでいるのだ。

ブリュネルは一跳びで車のステップに足を載せたかと思うと、次の瞬間にはベンチシートに腰を下ろした。

「先生、私が運転していいですね?」

答える間も与えられなかった。医師は文字どおり運転席から追い出されてミルザを押しつぶし、犬は哀れな鳴き声を漏らした。

自動車は急発進した。

第十四章　急展開

「ブリュネル君、逸る気持ちはわしも同じじゃ。とにかく急がねばならんことは、重々承知しておる。じゃが、限度というものがある」

「右ですか？　左？」

「左じゃ……。もう一度言うが……」

だが、探偵は同乗者の警告など意に介さない。速度計は時速八十キロメートルを指している。カーブを曲がりきると、速度計の目盛りは九十を超えた。

気の毒な医師は観念し、悲しげな眼差しでミルザを見た。

九十五……。百……。

「危ない……。あっ！」

ブリュネルが急ハンドルを切って、脇道から出てきた雌牛をよける。車は道路から大きくそれ、三十メートルほどにわたってハリエニシダの茂みをなぎ倒してから、ようやく元の道へ戻った。

一時は八十まで下がった速度計の針がぐんぐん上がり、百に達する。

ブリュネルが急に眉を寄せる。

「先生、ガソリンは大丈夫ですか？」

「あっ！　わしとしたことが」

幸い、集落にさしかかった。

自動車修理工場がある。

車が急停止したため、ミルザは前方に放り出され、シートから飼い主の足元に転げ落ちた。

「急いでくれ、頼む……。携行缶も二個くれ、早く！」

「まったく、今朝はみんな急いでいるな」

「何だって？　みんなって、誰だ？」

「ああ、さっき来たオートバイの人だよ」

「どのくらい前？」

「十五分か、二十分くらいかな」

ブリュネルは若い修理工に向かって札を投げた。車は舗道に飛び出す。

「二十分だ、先生。二十分」

土埃を上げる車に憤慨し、農民たちが拳を振り上げる。

ある農場の前ではめんどりが驚いて、逃げる間がなく、飛び上がった。……そして、ボンネットの上に着地したまま動こうとしない。

「これで三羽目だな」

「いい加減にせんと！」

「構うもんですか。必要とあらばわれわれの命だって捨てる覚悟がありますが、どうなるやら……」

だが、ブリュネルはスピードを落とさざるを得なかった。村に市が立つ日で、広場には大勢の人が押し合いへし合いしている。服の黒っぽい色を背景に、白い頭巾が明るく浮き出て見える。男性の帽子のなかには、昔ながらに光沢のあるバックルで飾り、太いリボンを風になびかせているものもたまにある。

「モルレに行く道は?」

「道は二通りあるから、好きなほうを行けばいい。ただ、左の道はたっぷり四キロメートルは回り道になるよ」

「ありがとう。ひょっとして、オートバイに乗った男を見ませんでしたか?」

「ああ、見た。雑貨屋の前で停まっていたな」

「雑貨屋の前?」

ブリュネルはその店へ走った。

「オートバイに乗った男は……何を買いましたか?」

「頭のでっかい釘だよ」

「沢山?」

「このくらいの袋を一つ」

再びエンジンをかける。車は村はずれまで来た。

「ブリュネル君？」

「はい？」

「右へ行くべきじゃないのかね。忘れたのかい、こっちはだいぶ遠回りだと言われただろう」

「先生、あの小型トラックを見ていてご覧なさい」

「あっちの正しい道に入っていったトラックかね？」

「そのとおり。よく見ていてください」

ブリュネルの言葉が終わらないうちに、破裂音が二度、響いた。小型トラックはひどいジグザグ走行をして、停止した。

「おわかりでしょう？」

「悪漢め！　釘をばらまいたんじゃな」

「ええ。私たちが追っていることに気づいたんでしょう。さあ！　尻に火がつきましたよ、先生。手遅れにならないといいが！」

狭い坂道と古い家並をまたぐように巨大な高架橋が掛かっている。モルレだ。

「ロキレックはどちらですか？」

「簡単ですよ。あのバスについていらっしゃい」

バスについて走れとは！

ブリュネルは肩をすくめた。

追い越すときに、右のフェンダーがバスの大きな車体をかすった。警官が呼子笛を吹いて警告するが、構ってはいられない。

「もう着きますよ、先生」

地平線がどんどん暗くなっていく。やけに低い雲を風が吹き払う。時おり、ハリエニシダの茂みから鳥が悠然と飛び立って道路の上を横切り、広大な緑の森へ消える。

村の広場で子供たちが遊んでいる。

「ロキレックは？」

「真っ直ぐだよ」

男の子が親切に方向を示した腕も下ろさないうちに、車は走り去った。

ここまで来れば、ブリュネルが遠回りで遅れをとったにしても、差はほんの少しだろう。奇跡的に、材木を積んだ大きな荷車をよけられた。

「このいまいましい土地が気に入ったなんて、俺もどうかしてるな」ブリュネルは悪態をつく。

家並が続き、盛り土をした墓地の真ん中に教会がある。

車が低い塀をこすり、イボタノキの垣根に食い込む。

交差点に死亡事故を悼むキリストの磔刑像が立っている。医師は悲しげな眼差しで十字架を見つめた。

坂道を下りると、海が見えた。

波が音を立てて海岸の小石を転がし、道路まで押し寄せそうに見える。

車は再び上り坂に差し掛かっている。

「着きましたよ、先生！」

最後のカーブだ。五百メートル足らず先に、ほとんど島のように鉛色の海に囲まれた地区がある。一群の白い家々のなかから、鐘楼が突き出ている。ロキレックだ。

一人の老女が黒いショールを風にはためかせ、慎ましやかに坂道の脇へ寄った。

ブリュネルは急ブレーキをかける。

「マリー・カルヴェスさんは？」

「左手の二本目の道を入って、洗濯場を過ぎたら最初の家ですよ。ただね、残念ながら自動車では入れませんよ」

小道の手前で二人は車から飛び降り、駆け出した。

空気は潮のいい香りで満ちている。海岸の低い岩場で子供たちが蟹を探している。洗濯場だ。

ブリュネルは手押し車の上を飛び越えて、濡れた肌着の上で足を滑らせた。

それぞれの仕切りの中で膝をついていた女たちが立ち上がり、何か早口で言う。

ニコル医師は連れに追いつこうと頑張るが、無理だ。

「おーい！　ブリュネル君……。ご婦人たちが『今日はみんなずいぶん元気がいいね』と言っておるぞ」

探偵はますます足を速め、松の木に縁取られた石造りの小道を三歩で飛び越える。

二十歩ほどの所にこじんまりした平屋が、小さな庭に囲まれ、藤棚に隠れるように建っている。

玄関の扉のノブが回らない。ブリュネルは扉をノックする。反応はない。

「怖がらないでください。私は……」

そう言いながら、窓へ駆け寄る。

典型的なブルターニュ風に設えた室内は、清潔できちんと片づいている。

家具が隙間なく置かれている。箱型寝台、サイドボード、大時計。木材はワックスでよく磨かれて光っている。大時計の中で太陽をかたどった振り子が揺れている。食器棚には代々受け継がれた皿が三段に並べられている。

暖炉棚の上に飾られているのは三本マストのボトルシップだ。壁には、二枚の聖母像の間に紺碧海岸（コートダジュール）を描いた複製画が掛けられている。チョコレートの景品だろう。

部屋のひときわ暗い片隅にテーブルが一つある。

そのテーブルの下に……足が二本。

「しまった！　畜生……」

ブリュネルが肘の一撃で窓ガラスを割った。腕を差し入れ、掛け金を外して部屋へ飛び込む。

「先生！　先生！」

石を敷き詰めた床に老女が横たわっている。片腕が胸の上で曲げられ、眠っているかのようだ。だが、指の一本一本が赤い指輪をはめたように染まっている。

医師が苦心して窓から入ってきた。

「遅かったか！」

ブリュネルが老女のブラウスの前を開くと、血まみれの胸はかすかに上下している。

「鞄は？」

「車に」

ブリュネルは瞬く間に鞄を取ってきた。ニコル医師が血の気の失せた顔の上に身を屈める。

「駄目ですか？」

老医師は首を傾げる。

「意識も戻りませんか？」

医師は答えずに鞄を開く。注射器と針とアンプルを取り出した。

数秒後、注射が終わった。ブリュネルが箱形寝台からマットレスを外し、二人で瀕死の老女をその上に寝かせる。二人とも気遣わしげな視線を、蠟のように白い彼女の顔から離すことができない。

やがて、鼻孔が震え出した。まぶたの下がぴくぴくと動いているようだ。

マリー・カルヴェスは目を開き、見知らぬ男が二人で覗き込んでいるのをおびえた目で見た。顔が苦しそうにゆがむ。

「怖がらないで。こちらはニコル医師。私は探偵のアンドレ・ブリュネル。聞こえていますね？」

まばたきでまつ毛が動く。唇が少し緩む。

「ああ！　人でなし！」

瀕死の老女の喉を嗚咽が引き裂く。

「教えてください、頼みます。人でなしとは誰です？」

銃声が響く。弾はブリュネルの頬をかすめ、床にめり込んだ。

探偵が間髪入れずに窓際へ駆け寄る。

人影がちらりと見えて、すぐに消えた。

二発の新たな銃声。ブリュネルは煙を上げる銃を振りながら、怪我人の傍へ戻る。

ニコル医師も拳銃を取り出す。

「いや、ブリュネル君はここにいなさい。この人はしゃべろうとしている。わしが見張りに立とう」

返事も待たずに、医師は玄関へ急ぐ。

まだ一歩も外へ踏み出さないうちに、また銃声が響いた。医師は雨水を貯めておく大樽の陰に駆け込む。

そこにいれば、弾がよけられるうえに、家への侵入も防げる。

いい場所を選んだ。これで敵も手出しできないだろう。

十メートルほど離れた茂みで何かが動く。しかし、老医師は発砲する勇気がない。のんびり散歩している人かもしれないではないか？

のんびり散歩している人？

茂みの中で二度、火花が炸裂した。一発目の弾は樋を貫通し、二発目は樽のたがに当たってはね返った。

バン……。バン……。バン……。

今度は医師のブローニングが火を噴いた。

……そして、静寂が訪れる。

見張り役は、じきにこの静寂が恐ろしくなってきた。拳銃を発砲されるほうがましだった。そうすれば、敵が何をもくろんでいるか、どこにいるかわかるからだ。だが、今のところ……。

樽の陰で、実直な老人は震えを抑えきれなくなるのを感じた。

「まったく、われながら情けない。窓は表側にしかないのだから、家の裏側からは何もできない。わしが表で目を光らせておれば……」

理詰めでそう考えても、歯の根は合わず、脚には力が入らない。仕方なく腰を下ろした。

その状態が五分も続いただろうか……。不意に、遠くでオートバイのエンジン音がした。

それを聞いて、医師は安堵した。隠れ場所から出て、家の中へ戻る。

ブリュネルは片腕を老女のうなじに回し、注意深く、そっと頭を持ち上げている。

医師が現れたまさにその瞬間、頭ががくりと垂れ、瞳は動くのをやめ、口が半開きになった。

ブリュネルは腕を外して立ち上がる。彼の表情があまりに奇妙なので、死者に駆け寄ろうとしていた医師は足を止めた。

「どうだ、しゃべったのかね？　すべてわかったかい？」

「いいえ、すべてではありません！　一部です……。ああ！　事実は小説より奇なりだ」

探偵は連れの腕を取る。

「出発です、急いで！」

「じゃが……この不運なご婦人は？　ともかく誰かに知らせなければ」

「後で話せばいい。今はここを出ます」

ためらう医師を玄関へ引っ張っていく。

「さあ！　来てください。銃声は必ず聞こえているはずです。間もなく、ここには人だかりができますよ。そうなったら、何時間も身動きがとれなくなる。ぐずぐずしている暇はありません」

ブリュネルの語気の強さに、医師もたちまち足を速める。二人は外へ走り出た。

洗濯場には人っ子一人いない。遠くでいくつもの白い頭巾がせわしなく動き回っている！

「あの人たちが騒ぎ出さないうちにここを出るんだ！」

小道を全速力で突っ走る。

「車は！」ブリュネルが不安げに叫ぶ。

車に駆け寄り、周りを一周する。

「今度はあいつも考えが及ばなかったな……。いや、時間がなかったのか」

老医師は息を切らし、シートにくずおれた。

「何はともあれ、来たときのような命がけのドライブはごめんこうむる！」医師がうめくように言う。

車は猛然と発進し、医師はすぐに、何を言っても連れにとっては馬耳東風だったことを思い知らされた。

＊＊＊

ニコル医師は十分ほど、相手が話し出すのを待った。だがブリュネルが口を開こうとしないので、とうとう自分から質問することにした。

「ところで、マリー・カルヴェスから何を聞いたんじゃ？　真相はわかったのかね？」

探偵は肩をすくめる。

「全容はわかりません。わかったのは前半の部分です。残りは解明しなくてはいけません」

ブリュネルは言葉を切った。その表情から、懸命に精神を集中していることがうかがわれる。時たま断片的な言葉を漏らし、眼差しがあまりにうつろなので、医師はこの危険な運転者がふいに道路から目を離すのではないかと思って身震いした。

答えを引き出そうと何度試みても、無駄だった。しまいにはブリュネルが怒り出しそうになったので、医師は諦め顔で彼のほうを見る。

「ああ！　すみません、先生、勘弁してください。申し訳ないが、かなり込み入った難しい話なのです」

ブリュネルは再び目を見据え、顎を引き締める。

モルレに着くと、探偵はわれに返った。

「先生、郵便局は？」

「わかりませんな」

車はスピードを緩める。

「すみません、郵便局はどこですか？」

説明が終わるか終わらないうちに走り出す。

郵便局は遠くない。ブリュネルは入り口の階段を一跳びで上がり、中へ入っていく。

五分後には車に戻り、出発した。町外れの家も見えなくなる。両側にはまた荒涼としたハリエニシダの野原が広がる。

空は暗さを増す。雲が木々に触れんばかりだ。

ブリュネルはまたもや推理に没頭している。時おり体に震えのようなものが走る。すると、シートの上で身をよじり、手はハンドルを握りしめるのだった。

「ああ！　先生、わかってきました……。光が射してきた、でも……」

連れの表情から、老医師には探偵が脳みそを絞って難題を解き明かしつつあることが読みとれた。

「消えた賊、開いた水栓。簡単なことだったじゃないか！　それから、不可解な犯罪が起きた」

ブリュネルは数秒間、口をつぐんでから、ゆっくりと言った。

「『無理を言っちゃいけない』……。『どうぞお先に』……。『空(くう)の空』……。なぜあんなことを？

なぜだ！」

表情は荒々しいが、かすれた声でブリュネルが繰り返す。

「なぜだ？　なぜだ？」

そして、急に叫んだ。

「わかったぞ！」

ブリュネルは運転席から腰を浮かす。車は恐ろしいほど蛇行した。

「すべて辻褄が合うぞ、すべて、何もかも」

探偵の興奮はスピードに表れた。ミルザは車が上下するたびに宙に放り出され、飼い主にしがみつこうとするが無駄だった。あわれな犬よりもさらに怯えきった飼い主は、救いの手を差し伸べることすら思いつかない。

村外れの家々の屋根がようやく見えたときの喜びは、とても言葉では言いつくせない。医師はもう二度と見られないと信じていた懐かしいわが家を通り過ぎるとき、どれほど愛しげな眼差しを投げかけたことか。

行く手に〈震える石〉の灰色の高い塀がそびえる。車は樅（もみ）の木立の間を疾風のように駆け抜ける。

ブリュネルは門の前で車を停め、地面に飛び下りて、観音開きの扉を力いっぱい押す。門の上で巨大な石が揺れている。

一瞬、耳を澄まし、館をじっと見る。敷地内は静まり返っている。すべては申し分なく平穏なようだ。

安堵のため息を漏らし、ブリュネルはゆっくりと車を動かす。

「凱旋ですよ、先生。凱旋です！」

老医師は感謝を込めて天を仰ぎ、同じように安堵のため息を……漏らす前に、息をのんだ。

塀の上を何かの影がよぎる。

ロープではないか。それがペディメントの上にピンと張られたのでは？

「ブリュネル君、危ない……。ああ！」

遅かった。

恐ろしい音を立てて、ずっしりと重い石が車を直撃した。

第十五章　「覚悟して下さい、恐ろしい夜になります」

アンドレ・ブリュネルの命令を肝に銘じ、ケルヴァレク伯爵も、ドゥニーズも、アネットも、病人の枕元を離れようとしなかった。

もちろん、探偵が慌ただしく出発してから、その不可解な外出の理由について、三人は数えきれないほど憶測を巡らせ続けた。

館の主は懸念を隠しきれない。ドゥニーズは時間が経つほどに心配を募らせる。ジャックを見るときだけは不安そうな顔がほころんだ。ブリュネルがここにいてくれたら、どんなに嬉しいか！

婚約者の容態は実際、一晩でずいぶん快方に向かったように見える。

目を覚ましたジャックは周囲に視線を泳がせている。怖いほど目が据わっていた昨日までとは打って変わって、何かをひそかに恐れているような顔のゆがみが消え、かつての穏やかな表情が戻っている。

たしかに相変わらず押し黙ったままだが、ドゥニーズが彼の髪をかき分けて傷跡が残っていないことを確かめると、彼女にかすかな微笑みを投げかける。

彼の笑顔を思い出すことで、哀れな娘はどうにかこの痛ましい事件に耐えている。

ドゥニーズの目はたえずベッドと時計の文字盤を行ったり来たりしている。

十二時半……。一時……。一時半。

伯爵は肘掛け椅子に身を沈め、新聞を手にしているものの、読んではいない。アネットは物憂げに黒い服を繕っている。

午後二時。

ものすごい風が庭園の木々をたわませている。雲は厚くなるいっぽうで、空を暗く覆う。遠くで雷が鳴っている。

「帰ってきた」

車のエンジン音がした。音が近づき、そして、急に止まる。

ドゥニーズは未来の義父にキスをする。

「ああ、よかったわ！」

庭園の門がきしむ。再びエンジン音がする。

……不意に、ガン、とすさまじい音が響く。

小走りに玄関へ向かっていたドゥニーズは、両手を胸に当てた。倒れまいとして、壁で体を支える。

「まあ！　どうしたのかしら？」

伯爵がリボルバーをつかむ。

「私が見に行こう。ここを動かないで」

だが、ドゥニーズは全身の力を振り絞って彼にしがみつく。

「お伴しますわ」

二人は庭園を走る。

表門の下で車が止まっている。ニコル医師がステップに立ち、何かの上に屈み込んでいる。

伯爵とドゥニーズは何が起きたのかをたちまち見てとった。ペディメントから石がなくなっていたからだ。二人とも車の十メートルほど手前で足がすくみ、前へ進めない。

老医師が、人相が変わるほど引きつった顔でこちらを向き、手招きする。

アンドレ・ブリュネルは体を文字どおり二つに折り、顔が膝の上にある。左腕が車のドアと石の間に挟まれている。

「手を貸してください、急いで」ニコル医師が懇願する。

三人で力を合わせ、大きな石を道路のほうへ転がす。それからゆっくりと、おそるおそる探偵の上体を起こした。

ブリュネルの顔は血だらけだ。ひどい痛みで口がゆがむ。目は閉じたままだ。

慎重の上にも慎重に、男二人がブリュネルの体を車から運び出し、痛ましい行列は館へ向かう。できるだけ安静に休ませるため、老医師は怪我人を二階の元の寝室に寝かせた。一時間以上、探偵に付き添ってから居間に下りた医師の服からは、むせるほど消毒薬の臭いがした。

彼は友人たちに安心するよう身振りで伝えた。

「たしかに、ブリュネル君には石が当たりました。頭と腕を負傷し、肩を脱臼しております。立てるようになるまで少なくとも一カ月はかかるでしょうな。じゃが、率直に申して、これでも奇跡的に軽い怪我で済んだのです。即死でもおかしくありませんでしたよ」

医師の言葉の後に、重い沈黙が訪れる。

外はますます暗くなってきた。降り出した雨のしずくが窓ガラスに当たって弾け、パラパラと小さな音を立てる。雷鳴がしきりに聞こえる。

居間に集まった面々は新たな惨事に圧倒され、身じろぎもしないまま時間が過ぎた。ジャックは深い眠りに落ちていた。楽しい夢を見たらしく、唇には微笑が浮かんでいる。

「ところで、何のご用でしたの？」ドゥニーズが出し抜けに尋ねる。「何かわかりましたか？」

医師は首を振る。

「何も。間に合わなかったのじゃ。会いに行った相手は……」

彼は一瞬ためらい、若い娘の顔をじっと見てから、低い声でこう結んだ。

「……とても長い旅に出た後じゃった」

嵐のせいで夜のように真っ暗になったため、アネットが電灯のスイッチをひねる。そして、小さな叫び声を上げた。

「聞こえたでしょう？」

「いや……何を？　何の音？」

「誰かがお庭を歩いています」

一同は神経をかなり高ぶらせており、男たちはもう鈍く光る拳銃を手にしている。

アネットの空耳ではなかった。規則正しい雨音に交じって足音がはっきりと聞こえてきた。だが明らかに、忍び足で近づいてくる音ではない。

拳でドアを叩く音。

「ごめんください！」

「郵便だ。配達夫のル・ガルさんの声じゃよ」医師が叫ぶ。

ブローニングはポケットに戻された。

そうしている間に、アネットが玄関から戻ってきた。

「お嬢様に電報です」

ドゥニーズは青い紙片を受け取り、消印を見た。

「パリ……。きっと母からですわ。でも、何かしら？」

指先が震えて、なかなか紙を広げられない。

「ああ！　何てこと！」

ドゥニーズはうつろな声で、三度も読み返す。

『セルヴィエ夫人、事故で負傷。至急来られたし。八区、ドゥランド警視』

茫然自失の状態でしばらくじっとしていた後、彼女は顔を両手で覆って椅子にくずおれた。

伯爵が床に落ちた電報を拾い、目を通してから医師に手渡す。

「かわいそうに！　運命がかくも残酷だとは信じがたい」

＊＊＊

時計が六時半を告げる。

伯爵がドゥニーズに近寄り、髪の毛を撫でる。

「行きなさい。あなたがすべきことは、あちらにある」

彼女はうなずき、重い腰を上げた。視線がジャックの上に止まると、思わずため息が漏れる。

「ジャックのことはわれわれに任せなさい」伯爵が優しく言う。「それに、すぐに戻って来られるかもしれないじゃないか。この電報では詳しいことはわからない。お母さんの容態が重いという証拠は何もないよ」

物思いに沈みながら、ドゥニーズは寝室へ上がっていく。その間、ニコル医師は車を見に行った。

黒い毛の塊がペダルを半ば覆っている。医師は胸が詰まる思いでそれを持ち上げた。ミルザだ。哀れな犬は大きな石に腰骨を砕かれ、即死していた。

医師は目を潤ませ、すっかり冷たくなった小さな鼻面にキスをした。

「さらばじゃ、ミルザ。お前の仇もきっと取ってやるからな」

愛犬の屍を車庫に運んで安置し、毛布を掛けると、車に戻った。

幸い、主な装置はどれも被害を免れていた。幌を立て直すと、医師は車を館の前まで移動した。

ドゥニーズは仕度ができていた。出発前にブリュネルの寝室を訪れる。怪我人は顔を分厚く巻かれた包帯に埋め、左手にも包帯を巻かれて、眠っているようだ。ドゥニーズは彼に向かってしとやかな手振りで別れを告げ、居間へ下りていった。

ジャックも眠っており、婚約者の長い口づけでも目を覚まさない。

「二十時三十五分の列車には余裕で間に合うじゃろう」老医師は時計を見て言う。

そして、ハンドルの前に座りながら独り言ちた。

「時速四十キロしか出せなくても大丈夫そうじゃ」

雨は降り続け、轍を小川に変えている。車は沼と化した道に浸かりながら、泥を高く跳ね上げて進む。

とりとめのない物思いに沈み、ドゥニーズも医師も終始ほとんど口をきかない。ブレスト市街へ入ると、医師は片手を上着の内ポケットに入れて小さな灰色の封筒を取り出し、無言でドゥニーズに差し出した。

封筒にはこう書かれている。

「列車が出発するまでは開けないこと」

ドゥニーズは驚いた顔で医師を見て、やや非難がましく尋ねる。

「これはどういうことですの?」

「その手紙を今すぐバッグにしまって、列車が動き出すまでは取り出さないということ……。そして、誰にも見られないようにということじゃ」

あまりに重々しくそう言われて、ドゥニーズはそれ以上追及せずに封筒をしまった。

ほかには一言も言葉を交わさないでいるうち、車はほどなく駅に着いた。

乗客はまばらで、ドゥニーズは誰もいないコンパートメントをすぐに見つけることができた。中へ入る際、何者かに襲われたことを不意に思い出して尻込みした。だが、すぐに気を取り直し、毅然としてスーツケースを座席の上へ置いた。

あちこちでドアを閉める音がする。ニコル医師はドゥニーズにやさしくキスをして、車両から降りた。

ドゥニーズは窓を下げ、最後にもう一度、両手を差し出した。

「さようなら、先生。さようなら」

列車が動き出す。

老医師は列車が見えなくなるまで、目で追いかけた。そして、急ぎ足で車に戻った。館に戻ったのは十時だった。

「何事もありませんでしたか？」まだ姿が見えないうちに、伯爵が遠くから叫ぶ。

「ええ、何も。こちらは？」

「何も……。いや、アネットが出て行きました」

「何ですと？」

「ええ……ブリュネルさんまであんな目にあったのが、よほどこたえたのでしょう。あなた方が出発した後、かわいそうに、一時間以上も震えっぱなしで。とうとう、もうここで一晩たりとも過ごすのはいやだと言いましてね。気を張っていたが、限界だったようです。村の従姉の家へ泊まりに行きました」

「気の毒な娘じゃ！　明日、診に行ってやりましょう」

「ところで、先生も顔色が悪いですよ」

「ああ、辛いことがいろいろあったし、疲れもありますな」

医師はしばらく家具にもたれた後、伯爵を従えて重い足取りで二階へ上がっていった。

ブリュネルの熱を計り、包帯がずれていないか確かめると、居間へ下りてジャックの唇の間にシロップ剤を大さじに二杯分流し込んだ。

「これで、きっと今夜はよく眠ります。わしはどちらでもよいが、伯爵、あなた一人をここに残して大丈夫かな」

「ニコル先生のほうこそ、もう立っているのもやっとじゃありませんか。どうぞ帰ってお休みください。あとは明日にしましょう。明日、どうすればいいか考えましょう」

「それで……怖くないのじゃな」

それには答えず、館の主はリボルバーを威嚇するように振りかざしてみせた。

数分後、ニコル医師は自宅へ車を走らせた。ケルヴァレク伯爵が〈震える石〉の重い門扉を閉めた。

＊＊＊

ドゥニーズは憂い顔で窓を上げて閉め、座席に身を投げ出した。

急に体の力が抜けて、ずっと抑えていた感情がこみ上げた。友人が傍にいる間は持ちこたえられた。だが、今、一人きりになり、夜汽車に運ばれながら思いに耽っていると、心細くなる。脳裏に同じイメージが繰り返し浮かび、彼女を苦しめる。それは、その日の午後に見たジャックではなく、数日前のうつろな眼差しと呆けたような表情の彼だ。それに、アンドレ・ブリュネルが車のシートの上で顔を血だらけにしてくずおれている姿。そして、病院の広い病室に横たわる母の、見る影もなく青白く苦痛に歪んだ顔。

ドゥニーズはハッとした。ニコル医師に手渡された手紙のことを思い出したのだ。ハンドバッグをつかむ。だが、医師の指示を思い出し、すぐには開けなかった。

さりげなくコンパートメントを出て通路を通る。通路には誰もいない。

急いで引き返し、コンパートメントのドアを念入りに閉める。そして、用心のためにカーテンも引いてから、バッグを開けて灰色の封筒を開封した。

見覚えのない筆跡で、急いで走り書きしたように数行がしたためられている。


安心なさい、母上は怪我をしていません。電報は嘘です。驚かせてしまいましたが、悪しからず。あなたを館から出発させるためにやむを得なかったのです。

次のランデルノで降りて、ブレスト行きの最初の列車で戻ってください。タクシーで村から一キロのところまで行き、ニコル先生の家へ急いでください。

スパイがいるかもしれないから、気をつけて。

心配無用。核心に迫りつつあります。でも覚悟してください、恐ろしい夜になります。

アンドレ・ブリュネル

ドゥニーズはめまいに襲われ、座席に倒れ込んで、感情を失くした人のようにしばらく身動きもせず、目を閉じていた。それから力を振り絞り、体を起こして手紙を読み返す。

紙の上で文字が踊っている。

「母上は怪我をしていません……。館から出発させるためにやむを得なかった……。列車で戻って……。ブレスト……。ニコル先生」

彼女は額を両手で覆った。

手紙を三度目に読み返し、少し読んでは中止して考える。

驚きと不安があまりに大きくて、この謎めいた書状の冒頭に書かれた嬉しい知らせを喜ぶ余裕もない。「覚悟してください、恐ろしい夜になります」とブリュネルは末尾に記している。

すでにこれほど苦しんでいるのに、まだ苦しみ足りないとでも？　どんな新しい厳しい試練がさらに待っているというのだろう？　何より、誰が救いの手を差し伸べてくれるのだろう？

ブリュネル？

血だらけで動かない彼の姿が蘇る。

彼が計画を練ったのは、おそらくあの不可解なドライブの最中だろうが、戻ってきたとたん、予期せぬ事故に見舞われた。ということは、計画は頓挫したはずだ。

それにもかかわらずニコル先生が手紙を渡したのはなぜだろう？　それに、先生がブリュネルの計画を知っていたなら、なぜ何の説明もしてくれなかったのだろう？

そして、何より、なぜ何時間もの間、あんなに心配させたのだろう？　なぜわざわざ彼女を出発させたのだろう？

最後の二つの問いには、すぐに答えが見つかった。

彼女が事情を知ったら気が動転し、（敵が偵察しているかもしれないのに）敵を欺くための演技ができないと思われたのだろう。館に賊が侵入した夜、思いがけず大事な役を振られたが、うまくこなせなかったせいだ。

ところで伯爵は知らされていたのだろうか？　それとも、息子の婚約者が戻ったことを伯爵が知らないようにするのが、ブリュネルの計略なのだろうか？

考えに耽っていたドゥニーズは、列車が速度を落としているのにも気づかなかった。ガタンという停止の衝撃で、我に返った。いまは考えを巡らす時ではない。行動する時だ。

少し待ってから、コンパートメントを出た。通路の端まで来て、振り返る。

照明はすべて常夜灯になっている。車両全体が眠っているように見える。何一つ動かない。

ドアを開くと、冷たい雨に打たれて体が震えた。

乗客は数えるほどで、ずぶ濡れになるまいとして急いでいる。ホームの上には、じきに誰もいなくなった。

ドゥニーズは地面に飛び降りると、走って駅舎を迂回し、出入り口へ向かった。

待合室の最も目立たない片隅に隠れているうちに急行列車は発車した。心臓の鼓動を片手で押さえる。

もしかしたら、館を出てから尾行されていたのだろうか？　スパイは彼女がパリへ戻るのを確かめようとしていたのだろうか？

もしそうだとしたら、彼女が列車を降りるのを見ただろうか？　そして、やはり降車しただろうか？

待合室のドアから目が離せない。あのドアが急に開いて、誰か入ってきたら……。

そのとき、別の方向に注意が向いた。ホームに面した窓ガラスの向こうで、何かが動いたのだ。目を凝らし、その黒っぽい人影を見つめる。

大きな黒い帽子を目深に被り、襟を立てている。もしかしたら？

男が振り向く。いかにも農民らしい赤みがかってしわの刻まれた顔に、満足そうな笑みを浮かべている。

「私ったら、どうかしているわ」ドゥニーズは苦笑いしてつぶやく。

落ち着きを取り戻すまで少し待ち、あたりから人がいなくなった隙に切符を買いに行く。

とんぼ返りするための列車に腰を落ち着けたドゥニーズは、真っ先にブリュネルの手紙を取り出し、もう一度読み始めた。

第十六章　短剣の男

激しい雨が降り続く。そのうえ、ブレスト駅の出口では、タクシー乗り場に向かって皆が殺到している。

ドゥニーズは思い切り走ってタクシーを一台つかまえ、乗り込むことができた。だが、彼女が口を開いたとたん、運転手は首を横に振った。

「いいや、やめたほうがいい。こんな天気ですよ！」

「二百フラン、いえ、三百フラン払いますわ」

運転手は思いがけない申し入れに、両腕を大きく広げた。

「ほう！　それなら……」

町外れの家々の明かりが、車の窓を流れる雨水でにじみ、ドゥニーズの視界から見えなくなる。

タクシーは嵐の中を進む。

ひっきりなしに稲妻が夜空を切り裂き、ものすごい雷鳴が轟く。

道はまったく閑散としている。走り出してからずっと、人っ子一人見かけない。

告げられた行き先に着くと、運転手は減速しながら客のほうを振り向いた。

「しかし、お嬢さん、ここで降りる気はしないでしょう。村まで行きますよ」

「いいえ、ご心配なく。ここで降りますわ」

「そんな、無茶ですよ！　それに、家なんか一軒もないじゃありませんか」

ドゥニーズは答えずに、約束どおり札を三枚渡してドアを開けた。それで、親切な運転手は仕方なく車を停めた。

道の真ん中にじっと佇み、ドゥニーズは車が十分に遠ざかるまで待った。そして、村のほうへ走った。医師の家の戸口に着いたとき、服はびしょ濡れだった。

玄関の扉はノックしたとたんに開いたが、中は真っ暗だ。

「かわいそうに、びしょ濡れで！　これじゃ具合が悪くなっちまう」

驚いたことに、そこにはアネットもいた。だが、質問している暇はなかった。暗闇の中で手が差し伸べられ、ドゥニーズの手を握る。

「コートを脱いで、このレインコートを着なさい、ドゥニーズ。さあ、急いで」

ドゥニーズはあっけにとられて言葉が出ない。言われるままに上着を脱ぎ、アネットの手助けでレインコートを着た。

ニコル医師はすでに扉を開けている。廊下に雨がどっと吹き込んだ。

「でも、いったい何をするんです？」ドゥニーズが叫ぶ。「これからどこへ？」

老医師は振り向いて、有無を言わさぬ調子で「シッ」と言い、低い声で告げた。

「あちらへ、館へ行くんじゃよ。ただし、居間の鎧戸の陰に隠れて、何があろうと絶対に出て行ってはいかん。それ以上のことはわしもわからないが、とにかく、見られたり、声を聞かれたりしないこと。それから、何があってもおかしくないと覚悟すること。わかっているのはそれだけじゃ」

かえって不安になるようなことを言うと、医師は娘たちを外へ押し出した。

稲光は間遠になり、雷鳴も遠ざかったものの、雨は相変わらず激しく降っている。

森の端をたどり、樅（もみ）の木の枝に顔をこすられながら三人は進む。

医師が先頭に立ち、ドゥニーズが続き、アネットがしんがりを務める。

風当たりを弱めるために腰を屈めるが、風は激しく吹き荒れて、時々立ち止まらなければいけないほどだ。腰をさらに低くし、またすぐに歩き出すが、足はすっぽりと泥にはまってしまう。

館の塀まで来たとき、稲妻が目もくらむほど道路を照らした。三人は一斉に木の下に身を寄せる。

空がまた暗くなると、隠れ場所を離れた。アネットが鍵を手に入れており、手探りで門の錠に差し込む。観音開きの重い扉は強い風に押し返され、開けるには仲間の手助けが必要だ。

扉を閉めると、また稲妻が光ったときに姿を見られないよう、三人は急いで茂みに隠れた小道を選んだ。

「でも、先生」沈黙に耐えきれず、ドゥニーズがつぶやく。「賊がもう忍び込んでいるということはありませんの？」

「ドゥニーズや、わしに聞かないでくれ。さっきも言ったろう、わしも何も知らんのじゃ。待つようにというのが、ブリュネル君の命令じゃ。そして、どんなことになろうと、邪魔しないようにと」

「でも、ブリュネルさんは……」

ドゥニーズは言葉を切った。突き当たりまで来たのだ。目の前に黒々とそびえる館は、居間だけに明かりが灯っている。

「一人ずつ進もう」医師が言う。

そして、女性たちを残し、四つん這いに近い姿勢で鎧戸の陰に身を隠した。三人はすぐに合流した。

先ほどは門を開けるのを阻んだ風も、ここにいればあまり当たらない。雨滴もほとんどかからないが、背後では嵐がさらに激しくなっている。

そのうえ、服はすでにずぶ濡れだ。だが、そうと気づく余裕がない。顔を鎧戸にくっつけ、鎧板の傾斜に合わせて少し腰を屈めて、室内を覗き見る。

ケルヴァレク伯爵は大股に歩き回っている。煙草をくわえ、小刻みに吸っては、鼻からしきりに煙を吐き出す。彼の様子のすべてから、極度の緊張が見てとれる。

ジャックは壁のほうを向いて眠っているようだ。

伯爵が不意に、せわしなく単調な歩みを止めた。何秒かジッとして、煙草を吸うのさえ止めている。それから玄関へ通じるドアを開き、耳を澄ませた。

やがて肩をすくめ、また歩き出す。

過ぎゆく時が長く感じられる。

伯爵は時おりベッドに近づき、眠っている息子の上に身を屈める。体を起こすと顔は青ざめており、また長いこと歩き回って、ようやく血の気が頬に戻る。

まるで何かを待っているようだ。時間が経つにつれてますます青ざめ、憑かれたような表情になる。その後も数回、玄関へ通じるドアを開けてみた。

一度は階段へ出るドアも開け、長い時間耳を澄ませてから、また居間の中を行ったり来たりし始めた。

とうとう肘掛け椅子に身を投げ出し、新しい煙草に火をつける。

鎧戸の陰では三人の見張りがそれを心配そうに見守るが、室内の光景にはこれといって変わったところはない。三人には伯爵がそのような行動をする理由がすぐにわかった。怖いのだ。

それも無理はない。たった一人で二人の患者を抱え、この嵐の中、数々の不可解な事件の舞台である広い館にいたら、誰だって怖いだろう。

得体の知れない恐ろしい敵は暗闇に紛れてうろつき、とどめの一撃を加える機会をうかがっているかもしれないのだ。

ドゥニーズは、自分と仲間がここにいることを未来の義父に教えられたらどんなに気が楽かと考える。だが、医師を通じて伝えられた命令は絶対だった。それゆえに、善意のスパイという役割を甘んじて受け入れた。

時おり体に震えが走ると、仲間のどちらかの手を握る。医師の手は氷のように冷たい。逆にアネットの手は燃えるように熱く、ドゥニーズの手よりもさらに激しく震えている。

雨は降り続く。雷鳴は一時弱くなったものの、不気味に近づいている。雷が止むと、波が岩に当たって砕ける鈍い音が響く。

大時計の針が重なる。夜中の十二時だ。

伯爵が不意に立ち上がり、煙草を手から落とした。大股で廊下へ出ると、背後でドアを閉める。ドゥニーズは狂おしい不安に胸を締めつけられて、医師にしがみつき、心安らぐ言葉か仕草を期待するが、無駄だった。

気の毒なこの老人もまた、驚くべき精神力で心を鎮めようとしてはいるが、どうにも平静を保てないのだった。苛立った体の動きを抑えられない。アネットも極度の緊張に達していることが、荒い息づかいからはっきりとわかる。

気詰まりな十五分がそうやって過ぎた。ドゥニーズはもう耐えられなかった。

「何かしなくちゃ。こうしている間にも、もしかしたら……」

彼女はハッと口をつぐんだ。ドアが開いたのだ。

ケルヴァレク伯爵が入ってきた。

伯爵のすぐ後ろに、黒っぽい人影が戸口にくっきりと浮かんでいる。

医師も娘たちも同時に怯えた叫び声を上げたが、その声は耳を聾する雷鳴にかき消された。入ってきた男は黒ずくめの服装だ。帽子を耳まで深く被り、コートの襟を立てて鼻まで覆っているため、顔はすっかり隠れている。襟の上に異様な輝きを帯びた二つの目が見えるだけだ。

「あの人……あの人だわ」ドゥニーズが顔を鎧戸に押しつけて、途切れ途切れに言う。

ニコル医師はリボルバーを握り、銃身を二枚の鎧板の間に差し込む。今は恐怖よりも好奇心に駆られているらしい。

これからどうなるのだろう？　黒ずくめの男はなぜ居間の入り口でじっと動かないのだろう？　何を待っているのだろう？　伯爵が背を向けているのに行動を起こさないのは、これ以上のどんな好機を望んでいるからなのだろう？

それにしても、ケルヴァレク伯爵が何も気づかないのは、どういうことだ？　賊は伯爵のすぐ後ろにぴたりと付き従って姿を現した。伯爵は神経を尖らせているはずなのに、なぜ気づかなかったのだろう？

そして、ジャックのベッドへ向かっている今も、危険人物が入り込んでいることに思い至らず勘づきもしないのは、どういうことだろう？

伯爵はベッドまで来ると、これまで何度かしたのと同じように、その上に屈み込んだ。しばし病人を眺めていたが、急に振り向き、見知らぬ男のほうを向いた。

伯爵は後ずさりもしなければ、驚いて取り乱しもしない。顔色一つ変えない。曖昧な身振りで病人を指し示すだけだ。

その合図だけを待っていたかのように、黒ずくめの男は戸口から中へ入ってくる。

すると、伯爵が激しく顔を背けた。その顔は引きつっている。押し当てた両の拳の下で、耳がつぶれそうだ。目は閉じている。

侵入者はベッドまで近づいて来た。ジャックの上に身を屈める。同時に上げられた両手の親指と人差し指が大きく丸く開かれている。

ドゥニーズが喘ぐ。だが、ニコル医師は引き金を引かない。

階段へ通じるドアが猛烈な勢いで開かれ、壁にぶつかった。リボルバーを手に現れたのは、アンドレ・ブリュネルだ。包帯もしていなければ、傷もない。すさまじい形相にはエネルギーと嫌悪がみなぎっている。

ブリュネルの口が開いて何か命じたが、ドゥニーズにもほかの二人にも聞こえない。だが、黒ずくめの男はすぐに手を途中で止め、絞殺犯の生ける彫像と化した。

ケルヴァレク伯爵が怯えて振り向く。

びくりとし、体がすくむ。腕は支えを探すかのように宙をつかみ、脚が震えている。

倒れると思われたそのとき、伯爵はブリュネルに飛びかかった。

探偵は電光石火の素早さで右足に重心を移し、左脚を蹴り上げる。

みぞおちに一撃を食らって、館の主は居間の反対側まで吹っ飛んだ。窓に激しくぶつかったため、窓ガラスが砕けて床に散った。伯爵は床の上で気絶して、動かない。

ブリュネルは体勢を立て直したが、一瞬の隙をついて黒ずくめの男は廊下へ姿を消した。ブリュネルが猛然と後を追う。

ニコル医師は、たった今繰り広げられた光景にしばし茫然とした後、館の入り口へ走り、娘二人もすぐ後に続いた。彼らが屋内に入ると同時に、探偵は廊下の反対側から出て行った。三人も駆け足で館の中を通り抜ける。

賊は庭園のはずれまで来ている。裏門を開け、海岸沿いの遊歩道へ出る。ブリュネルは十メートルと離れていない。

絶え間ない稲光が時おり弱まりながらも、あたりを強烈に照らす。ドゥニーズとアネットが夢中でしがみつくので、医師は二人を引きずる格好になる。庭園の外へ出たとたん、もう一歩も進めないように感じられた。海に突き出した岩の上で、ブリュネルと黒ずくめの男がもつれ合っている。

海は荒れ狂っている。絶えず押し寄せる波が遊歩道を洗い、庭園の塀をなめる。格闘が繰り広げられている花崗岩の頂に大波がぶつかって砕け、渦巻く泡が男たちを包む。

ブリュネルは力強い両腕で男の体をがっちりとつかみ、持ち上げようとしている。男は身をよじり、見苦しくもがいて、万力のように締めつける腕から必死で逃れようとする。激しく揺さぶられて、探偵はほんの少し力を緩める。賊は自由になった片腕を頭上に振り上げる。

ドゥニーズは恐怖に言葉を失い、脳裏に列車での襲撃が蘇った。犯人の手には非常に鋭利な細い刃物が光っていた。あの短剣の男に間違いない。あの人でなしが、またもや死の刃を振りかざしている。

振り上げた手はむなしく空を切るだけだ。ブリュネルが手を放し、後ろへ飛び退く。

男は二歩、後ずさりし、崖の縁のすぐ手前で止まると、再び短剣を振りかざしてブリュネルに襲いかかる。

ぶつかり合ったのはほんの一瞬だった。

ブリュネルが手をサッと振って殺人者の腕を払い、同時に右の拳を下から突き上げて、相手の顎の下を一撃する。

男は吹っ飛び、宙に投げ出された。

波に飲まれる瞬間に大きな帽子が脱げて、顔があらわになった。

ドゥニーズが恐ろしい叫び声を上げる。

「ジャック！」

そして、彼女の体は仲間たちの足元にくずおれた。

第十七章　メロドラマ

渦巻く海をしばし見下ろしてから、ブリュネルは友人たちと合流した。医師とアネットの手足にはようやく動きが戻ってきた。

「帰りますよ、急いで！」探偵が命じる。

しゃがみ込み、ドゥニーズの体を子供のように抱き上げて、駆け足で庭園へ入って行く。

ドゥニーズはすぐに目を開けた。

「ジャック、ジャックは？」とつぶやく。

それには答えず、ブリュネルはさらに足を速める。館の扉を足で蹴り開け、居間へ急ぐと、ドゥニーズを肘掛け椅子に下ろした。傍らのベッドでは病人が相変わらずすやすやと眠っている。

喜びよりも驚きが勝り、ドゥニーズは体を固くした。

今度はアネットとニコル医師が入ってくる。視線は真っ先にベッドへ向かう。

ブリュネルは額に流れる汗を拭った。部屋に入ってくる仲間のあっけにとられた顔を見て微笑んでいる。

「いったい、どういうことじゃ？」老医師が叫ぶ。

「どういうことか、喜んでお話しましょう。でも、その前に一息つかせてください」

そう言いながら、ブリュネルは乱れた服装を整えた。

「さあ、準備ができました。先生、私の顔はたった今人殺しをしてきたようには見えないでしょう？　息が切れたのは良心が痛んだからではありませんよ。あの悪党め！……いや、悪党どもめ。こいつを忘れていました」

ブリュネルは割れた窓へ近づき、砕けたガラスの中央にのびたままの伯爵の上に屈み込む。

「まだ気絶したままか？　いやはや、見事なノックアウトだったな！」

ブリュネルはベッドのほうへ引き返す。ジャックの規則正しい寝息からは、悪い夢を見ずに眠っていることがうかがえる。

「先生が請け合ったとおり、薬が効いているようですね。まだ長く眠りそうですか？」

医師は身振りでそうだと答える。

「十時にスプーン二杯分飲ませたから、一晩中効いているはずじゃ」

探偵はドゥニーズの上に屈み込み、親しみを込めて肩をぽんと叩く。

「さあ、気を取り直しましょう。これですべて終わりました」

「そんな！　ひどいわ」

「ひどい？　お嬢さんは私の話を聴いた後でもそうおっしゃるかな？」

ドゥニーズはしゃくり上げそうになるのを抑えて言う。

「ブリュネルさん、話してください。お願いです。もう気が変になりそうだわ」

「わしからも頼むよ」医師が口を挟む。「もう説明してくれてもいい頃じゃないかね」

「同感です」ブリュネルは苦笑いしながらつけ加える。

「ただし、椅子にお掛けになってください。長く、かなり込み入った話になりますから」

ニコル医師とアネットは重ねたクッションの上に座るというより倒れ込んだ。

「こいつも一応、起こしましょう」ブリュネルが伯爵のほうへ向かう。「プロンプターの助けが必要になるかもしれませんからね」

ブリュネルは気絶した伯爵の脇の下に手を入れて引っ張り上げた。館の主は目を開け、うつろな視線を周囲にさまよわせ、またまぶたを閉じる。

「さあ、もう正気に返っただろう……。万事順調だよ」と冗談を言いながら、探偵は伯爵の体を椅子まで引きずり、無理矢理座らせた。

ケルヴァレク伯爵は糸の切れた操り人形のようにガックリと腰を落とす。肘を腿に当て、顔を両手に埋めて完全に隠した。

その様子をブリュネルは冷ややかに眺め、あからさまに顔をしかめた。

ベッドの脇の小卓に薬瓶が数本とコップが載っている。探偵はコップにヴィシー水（ヴィシー産ミネラルウォーター）を注いで一息に飲み干し、もう一杯注いだ。

数分間、こめかみを拳ではさんで考えをまとめると、ブリュネルは朗々と語り始めた。

「二十五年ほど前、〈震える石〉を所有していたのは、こいつのような悪人ではありませんでした——もうずいぶん昔の話です。この屋敷は、ある名家の末裔で最後の男子、ケロートレ伯爵のものでした。伯爵と共に館に住んでいたのは天使のような二人の娘、マチルドとリュシーでした。早くに妻を亡くした伯爵は厳格で偏屈で何よりも名誉を重んじました。まさに昔ながらの貴族の典型で、まるで十九世紀の小説に描かれたメロドラマの登場人物のようでした。

そのうえ、私の話の前半も、まさにメロドラマなのです。かのアンビギュ座（一七六九年から一九六六年までパリに実在した〈アンビギュ・コミーク劇場〉）の全盛期に人気を博し、祖父の世代が好んだ正統派メロドラマを思わせます。

われらがケロートレ伯爵は皆に敬われ、父祖の地で幸せに余生を送ることを望んでいました。二人の娘をこの世で唯一愛してはいたものの、娘たちの淋しい境遇には身勝手にも目をつぶっていたのです。そのため、今からお話しする物語が始まる時点で二十四歳と二十歳だった姉妹には暗く辛い見通ししかなく、希望も喜びもないこの住まいで青春が過ぎ去るのをただ待つだけでした。

姉妹から悩みや夢を打ち明けられ、彼女たちを慰めていたのが、二人が生まれる前から館に仕えていた年配の女中、マリー・カルヴェスでした。このマリーおばさんことマリー・カルヴェスこそ、十二時間ほど前、私にこの話をしてくれた気の毒な女性です。彼女が力を振り絞ってくれたおかげで、この悲しい物語を詳しく知ることができました。

ある日のことでした。まるで通俗小説の書き出しのようにうららかな春の朝でしたが、姉妹の心には侘び住まいの淋しさがいつになく重くのしかかっていました。そんなとき、庭園の門の呼び鈴が鳴りました。絵の勉強のためにこの地方を旅しているパリの若い画家が、館の古い塔を描かせてほしいと主に頼みに来たのです。ケロートレ伯爵はその依頼に気をよくし、快く許しを与えました。それで、画家は翌日から絵筆とイーゼルを携えて庭園に腰を据えたのです。この画家は若くて、粋で、教養がありました。この後どうなったか、容易に想像がつくでしょう。

一週間もすると、マチルドもリュシーも、口を開けば「私たちの絵描きさん」の話ばかりするようになっていました。二人とも一日中彼の傍で、彼が絵筆を動かすのを見ていました。しかも、若い画家には真の才能がありました。ほどなく伯爵は彼を館の客として招いたのです。その返礼に、われらが画家は当然ながらこの館の天使二人の肖像画を描きました。その好青年の名は、ここではフィリップとだけ申し上げておきます。数日のつもりで館に来た彼は、結局、二カ月滞在することになります。その理由は間もなくおわかりになるでしょう。

彼が去ってしまうと、館は以前よりもさらに重苦しい侘しさに包まれました。幸いパリから頻繁に届く便りが、哀れなマチルドとリュシーの胸に一筋の光をもたらしました。フィリップは翌年の春にまた館を訪れ、もちろん大歓迎を受けました。到着から一カ月後、画家はケロートレ伯爵に、長女のマチルドと結婚させてほしいと願い出ます。そして、難なく許しを得たのでした。この画家が館に来たときから、伯爵は彼の芸術の才はさして顧みず、身元調査をしていました。フィリップは立派な家柄の出で、彼について得られた情報はすべて申し分ありませんでした。伯爵にとって非常に残念だったのは彼の身分が自分よりは格下だったことですが、だからといって、輝かしい未来が約束された才能ある男性に娘が嫁ぐのを拒むいわれはありません。すぐに婚礼が挙げられ、ごく簡素に祝われました。秋になると、新婚夫婦は古びた館を離れ、パリに落ち着きました。

そして、〈震える石〉には父の傍にリュシーだけが残ったのです。かわいそうなリュシー！彼女の救いがたい絶望を察したのは、忠実なマリーだけでした。優しいマリーは毎晩、リュシーの涙を拭い、空しい慰めの言葉をふんだんにかけました。

……時は流れましたが、哀れな妹の苦しみは癒えません。

夏が来る度に、姉夫婦はヴァカンスを過ごしに館へやってきます。幸せな二人を見るのは、不運な妹にとってまさに責め苦となりました。

そんなとき、〈震える石〉に新顔が登場します。シャルル・ド・ケルヴァレク、あなた方の前に座っている悪党です。ブレストの従兄弟たちから伯爵に紹介されたド・ケルヴァレクは、たちまちリュシーに対して盛んに求愛するようになりました。

しかし、彼女の心にはすでに別の人がいました。そのうえ、やがて、この求婚者に関するきわめて不愉快な噂が館に聞こえてきます。この野心家が財産目当てに近づいてきたと確信した伯爵は、彼を出入り禁止にしたのです」

アンドレ・ブリュネルは一息つくと、また話し始めた。

「前置きが長くなってすみませんが、この事件を理解するには、登場人物たちの立ち位置をはっきりさせることが不可欠なのです。ここからは、いろいろな出来事、いや、悲劇が相次ぎます。

その年、フィリップ夫妻はブルターニュへの旅の時期を早めました。マチルドが母となる予定だったからです。こちらへ来てから六週間後、彼女は息子のロベールを産みます。ところが、不運な母親は出産で命を落としたのです。フィリップの絶望はいくら言葉を尽くしても足りないほどでした。彼は妻の死以降、ほとんど〈震える石〉に引きこもって過ごすようになります。館では皆が幼いロベールを王子様のように大切にしました。画家は個展を開くために館を留守にするのさえ嫌がり、出発したかと思うと、もう早く帰宅したくてたまらなくなりました。館にいれば、死んだ妻の思い出と生きている者たちの愛に囲まれて過ごせますから。

そして、二年が過ぎました。

もちろん、リュシーは秘めた悩みを消し去ることができませんでした……。そして、少しずつ、フィリップは故人のことを忘れていったのです。それは自然の成り行きでした。それでも、画家は義父に打ち明けるのを先延ばしにしました。求婚を急ぎすぎて義父が気を悪くするのを恐れたのです。

もうじき二十一年前となる、十一月の夜のことでした。フィリップはある選考委員会の委員長を務めるため、パリへ旅立ちました。レンヌから五キロメートルのところで脱線事故が起きました。気の毒な画家は椎骨が砕け、病院へ運ばれる途中で息を引き取りました。それから数週間後、悲しみと恥ずかしさで気が動転しながらも、リュシーは父親に告白せざるを得ませんでした。不運な彼女は身ごもっていたのです。ケロートレ伯爵についてで先ほど申し上げたことから、彼がこのけしからぬ事態を知ってどう反応したかは、難なく察しがつくでしょう。最初はこの『恥知らずな娘』を放逐しようと思いました。しかし、噂が立つのを恐れて、それは控えました。ともかく、何であれ不名誉よりはましだと思えたのです。

駄目だ！　ケロートレの名を絶対に汚してはいけない。リュシーを結婚させよう。

すぐに、ある人物が伯爵の頭に浮かびました。シャルル・ド・ケルヴァレクです。ド・ケルヴァレク。あの男なら、結婚を承諾するだろう。

そして躊躇することなく、数年前に館への出入りを禁じたペテン師を呼び戻したのです。ド・ケルヴァレクはすぐに張り切って飛んできました。そして、この家門を救ってくれないかと頼まれたのです。打算だらけの取引は成立しました。事を急いだケロートレ伯爵はペテン師が持ちかけた条件をのみました。そのせいで、伯爵はやがて破産寸前に追い込まれるのです。

でも、リュシーは？ そうお訊きになりたいのでしょう。かわいそうな娘！ いっそ死ねたらどんなに楽だと思ったことでしょう！ でも、そうするわけにはいきません。子供のために生きなくてはいけなかったのです。ド・ケルヴァレクと結婚したリュシーはまるで亡霊だったと、マリーばあさんは言っていましたよ。

婚礼が終わると、ケロートレ伯爵は父祖から受け継いだ館を婿に引き渡しました。そして、幼いロベールとマリーを連れて出て行ったのです。忠実な奉公人のマリーがロベールを育てました。生まれ故郷のロキレック村にロベールと住んだのです。伯爵のほうは打ちひしがれて遠いアメリカへ旅立ちました。館へは二度と足を踏み入れませんでした。もう娘はいないものと考えたのです。伯爵はまだ若く壮健でした。そして、ケロートレ家のたった一人の孫、唯一の子孫である幼いロベールのために、奪われた財産を取り戻そうとしたのです。

数カ月後、元気な産声が〈震える石〉の館の古い壁を震わせました。ジャックが生まれたのです。ジャックは幸薄いリュシーにとってかけがえのない慰めになりますが、悲しみに心を蝕まれた彼女は五年後にこの世を去ります。まことにこの世は、ほんの短い幸福の代償として多くの苦しみを味わわねばならない悲しい場所であります」

ブリュネルは最初に軽い皮肉を込めて「メロドラマ」と言った。それも当然だが、話の前半を締めくくる彼の声はこみ上げるものを抑えているようだった。

ブリュネルは長いこと口をつぐんでいた。

ニコル医師は、たった今知った事実に唖然として首を振り、口は半開きだ。ドゥニーズとアネットは涙を拭っている。伯爵は打ちのめされた姿勢のまま、探偵が話している最中、身じろぎもしない。

「第二部を始めましょう」ブリュネルが口を切る。

「〈震える石〉で、このペテン師は鳴りを潜めて善人の振りをし、無為で質素ながら物質的な不自由のない暮しを続けました。やがてジャックは二十歳になりました。もちろん、自分の出生の秘密を知りません。相思相愛の女性と今度のヴァカンス中に結婚します。この年齢で彼よりも幸福な青年がいるでしょうか。

だが、ロキレックの小さな家では、老いた女性が息子同然に育てた子の旅立ちに泣いていました。マリー・カルヴェスはもう高齢で、祖父の待つニューヨークへ向かうロベールに同行することはかなわなかったのです。ケロートレ伯爵はすべてを忘れるために、坩堝（るつぼ）に猛然と身を投じていました。彼には飽くなき活力と人並みはずれた能力があり、辛く耐えがたい人生のすべてを賭ける覚悟ゆえの大胆さがありました。

二十年間、身を粉にして成功をつかみ、何より幸運に恵まれました。その結果、資産は二千万フランに達したのです。二千万フラン。それがすべての元となりました。老人は一度もフランスに帰りませんでした。孫を久しぶりに抱きしめたときにはどれほど喜んだか！

この子は金と力を持つ、ケロートレ家の一員になる！

だが、悲しいかな！　人間の心理に疎い祖父は、幸せに酔い、若い孫の望みを何でもかなえてやり始めました。孫が湯水のごとく金を浪費するのを止めないばかりか、むしろ促したうえに、やたらと物を買い与えたのです。年とった乳母につましく育てられたロベールは、酔ったようになりました。欲は日増しに深くなるばかり。やがて彼の要求は際限がなくなります。孫息子をどんな危うい下り坂に押しやったかに伯爵が気づいたときは遅すぎました。哀れな孫はもう深みにはまっていました。覚えたばかりの安楽な生活を手放すことができなくなっていたのです。二千万フランを持つ祖父がいるのに、働くなんて！……

二人は衝突し始めます。マリー・カルヴェスは主人がよこした手紙をすべて私に預けてくれました。それを読むと、ロベールが転落していく様子が手に取るようにわかります。アッという間に転げ落ちていったのです。老伯爵は当初、放蕩な孫息子の借金の返済を助けないわけにはいきませんでした。しかし、借金の回数が増え、額も大きくなるいっぽうだったため、孫息子の愚行の尻拭いはもうしないと債権者に申し渡したのです。取り立ては止みました。ところが、伯爵は銀行から提示された小切手に自分の署名があるのを見て、愕然とします。孫は文書偽造の次には詐欺に、さらに酒の密売にも手を染めました。

要するに、ロベールは完全にやくざになったのです。孫に騙されたことは、すでに苦労を重ねてきた老伯爵にとって、あまりに大きな打撃でした。孫息子が来てから六カ月後には入院を余儀なくされ、もう長くはないと診断されました。病院から出した最後の手紙がマリーばあさんのもとに届きました。そこには、瀕死の伯爵の病室にやくざな孫がやって来て金をゆするので、地獄に堕ちろとののしってやった、という嘆かわしい話がつづられていました。その手紙で、老伯爵はかつての自分の厳格さを悔いてもいます。

死の直前、伯爵は二人目の孫を思い出しました。『罪の子』、不運なリュシーの息子のことです。今となっては、この孫以外に財産を残せる相手はいません。そこで伯爵は遺言書を作成し、ジャック・ド・ケルヴァレクに二千万フランを遺贈すると記しました。ただ、相続には一つだけ条件がありました。ジャックは『父』シャルル・ド・ケルヴァレクにこの巨額の遺産の恩恵を与えてはいけないという条件です。

この重大な遺言書のことをロベールがかぎつけました。きっと老伯爵の看護師が一枚嚙んでいるのでしょう。

これでメロドラマは終わり、ここから、われわれの物語が始まります」

第十八章　不可思議で支離滅裂

　ブリュネルは一休みして、その間にヴィシー水をたっぷり二杯飲んでから、話を続けた。

「これまで話したことの大筋は、気の毒なマリー・カルヴェスから聞いたものです。これからお話しする続きは、私の推理に過ぎません。今日の午後、車を運転しながら頭の中で組み立てた推理です。とは言え、前半で語られた事実と、われわれが被害を受けたり目撃したりした出来事を考え合わせれば、これから披露する推理に大筋では間違いの余地はないと考えます。念のため……」

　ブリュネルはシャルル・ド・ケルヴァレクのほうを向いた。

「念のため、間違いがあれば訂正してください。いいですね、伯爵？」

　館の主は人間とは思えないほど不動の姿勢を保ち、かすかな身じろぎもしない。

　ブリュネルが話を続ける。

「祖父の莫大な資産を奪うためならどんなことも辞さない決意で、ロベールはフランスに戻ってきました。このやくざ者は、かつて〈震える石〉で起きた出来事を知っていました。ケルヴァレクについても、異母兄弟のジャックが父親と信じているこのペテン師がどんな役割を果たしたか、ちゃんと承知していたのです。何事も一人ではできないロベールは、かつて持参金目当てで結婚したこの男と手を組もうと決めます。その種の男なら馬が合うに決まっていると踏んだのです。ロベールの出現でケルヴァレクがどんな心理状態になったかは、想像に難くありません。二千万フランの遺産。企みが成功すれば、二人で山分けです。館の主は目がくらみました。すばらしい！　この平穏で退屈な、どうしようもなく凡庸な生活におさらばできる。彼はそうした暮しにもう慣れていたとはいえ、心の底ではうんざりしていました。金が手に入れば、遠くへ、はるか彼方の新天地へ旅立てます。そこへ行けば、すばらしい未来、あらゆる喜びと奢侈が待っているはずです。眠っていた本性と欲望がことごとく目覚め、二十年間抑えつけられていた反動で、勢いづきました。

ケルヴァレクはいまだ若く頑健です。大それた野心に取り憑かれていたときですら夢想だにしなかった暮しができると言われて、戸惑ったかもしれません。それでも、彼はついに現代のファウスト博士となって叫びました。悪魔よ、来たれ！

異母兄弟が驚くほど瓜二つであることが、悪人どもの計画の決め手となりました。ロベールがジャックになり代わり、公証人の呼び出しに応じればいい。金が手に入ったら二人して姿をくらまし、二度と消息が知れることはない、という算段です。その輝かしい日まで苦心を重ねて我慢することになるのは、もっぱらロベールです。もちろん、ケルヴァレクは何か理由をつけてイヴォンとアネットを首にし、ニコル医師をはじめ〈震える石〉に出入りできるわずかな人たちにも門を閉ざすつもりでした。だが、悪党どもの前に、不意に障害が立ちふさがります。ドゥニーズです。ジャックと結婚するためにやって来るドゥニーズは、どんなに巧妙に話をでっち上げようと、絶対にだまされないでしょう。仕方がない、死んでもらおう。

ドゥニーズさん、ロベールはあなたの写真を見て、どんなふうに旅行するか調べ、レンヌへ赴き、あなたが乗るブレスト行きの列車を待ったのです。残念ながら――犯人たちからすれば――、襲撃は失敗に終わります。邪魔者が無事に館に到着するのを見たケルヴァレクがどれほどがっかりし、怒り狂ったかは想像できるでしょう。だが、そんなことをおくびにも出さず、われわれの前で冷静さを保った。あっぱれです。

さて、次に、それ自体はささいだが、重大な結果を招くことになる出来事について話しましょう。

〈震える石〉で過ごした最初の夜、眠れなかったドゥニーズは庭へ出ました……。そして、ロベールと出くわしました。彼は共犯者と今後の策を練りに来たのです。暗がりの中、ドゥニーズはロベールをジャックだと思い込みました。かわいそうなドゥニーズ！　列車の中と同じ危険にさらされているとは知る由もありません！　しかし、敵は襲ってはきませんでした。なぜでしょう？　なぜなら、もしまたしくじるか、負傷した彼女がすぐに死ななければ、すべてが水泡に帰するからです。実際、彼女が犯人はジャックだと申し立てても、ジャックは容易に潔白を照明できますから、分身の存在がばれてしまいます。

ただ、悪党がひどく恐れたことがありました。翌日、ドゥニーズが婚約者に二人の深夜の遭遇について話したら、おしまいです。そこで、ロベールは謎めいたそぶりをして、ずっと後にならなければ明かせない秘密があると語り、とうとう恋人に誓わせたのです。このことは彼に二度と話さないと。誓ったおかげで、ドゥニーズは命拾いをしました。われらがヒロインが寝室へ戻るとすぐに、ロベールは相棒のもとへ走り、この出来事を知らせます。自分たちの企てが成功するかどうかは婚約者たちが交わす一言にかかっていると思うと、ケルヴァレクは不安でたまりません。あまりに危険が大きすぎる。ドゥニーズは生かしてはおけない。それで翌朝、ロベールがまた短剣を振りかざします。

これが二度目の失敗です。しかも、もう少しで私に捕まるところでした。ロベールは怖じ気づき、少なくとも当分は悪事を控えたいと言い出します。それに、夜の庭での出来事のせいで、犯罪計画には多少の見直しが必要になりました。

ドゥニーズが勘違いしたままなのは、悪党たちにとってもっけの幸いでした。これほどうまくいくとは思っていなかったのです。そこで、ドゥニーズでさえ間違うなら、誰も見破ることはできないだろうと考えました。それ以来、ロベールはジャックとそっくりになる練習に明け暮れました。どうしても生じる微妙な違いを——化粧、マッサージ、皮下注射など、あらゆる手段を駆使して——なくしたうえで、完璧な演技をしようとしたのです。庭では夜目に乗じてうまく騙せました。同じことを真っ昼間にもできるようにしなくてはいけません。

……そして、あの浴室からのたわいない脱出劇が起こります。あの時点では、どうにも不可思議に思えましたね。塔という格好の隠れ場所のおかげで、ロベールはわれわれの目を避けて暮らしながら、餌食となる相手を研究しました。ある夜、彼は大胆にも館の中に入り込み、居間で夕食後にくつろぐわれわれを観察していました。その大胆さゆえに大きな代償を支払うことになるのですがね。

あの一件は皆さんも覚えているでしょう。見つけられ、追い詰められて、悪者は浴室へ逃げ込みます。ジャックが片方のドアを、私がもう片方のドアを固めて、何とも皮肉なことに、ケルヴァレクが館の表側を見張っていました。窓ガラス越しに、ロベールは共犯者を認めます。助かった、と思ったことでしょう。しかし、ジャックと私に怪しまれてはいけません。

脱出は簡単なことでした。立てこもった犯罪者は窓を半開きにし――ご承知のとおり、ひどい音がします――、一度は窓から逃げようとしたことを印象づけます。そしてケルヴァレクが窓ガラスに向けてリボルバーを一発発砲し、任務を容赦なく遂行していることと、館の表側からの逃走は不可能であることの証しとしました。塔に入ってしまえば安全ですから、ロベールは外に出られさえすればよかった。ただし……。ただし、発砲が早すぎました。窓は通り抜けられるほど開いてはいませんでした。『しまった!』と思ったでしょうね。もしも窓の軋む音をまた聞かれたら、立てこもった男が砲弾を受けた後、また脱出を試みていることがばれてしまう。どうやって逃げおおせたのか、われわれに知られてしまいます。それはまずい! 脱出の方法を絶対に知られてはいけない。

そして、突然、ロベールは笑いだしました。どうすればいいかわかったのです。蛇口を全開にし、浴槽に滝のように水を流せば、窓の軋みをかき消すほど大きな音がします。追い詰められたロベールは鎧戸を開き、柵につかまりながら背後で閉めて、庭に飛び下りました。共犯者はそれを笑いながら見守っていたのです。ケルヴァレクは機会を逃さず、数秒後、任務遂行という格好の口実のもと、二階にいる私を狙っておおっぴらに発砲しました」

アンドレ・ブリュネルは言葉を切って息をついた。

聴衆は探偵を食い入るように見つめている。その表情と短い息づかいから、彼らが全神経を集中して耳を傾けていることと、聴いているうちに事件を思い出し、感情が高ぶっていることがうかがえる。

ブリュネルは続ける。

「賊の消失という新たな謎を前に、ドゥニーズは真相解明の手がかりになりそうな事柄を私に隠してはおけないと考えて、この忘れがたい夜の翌日、婚約者――実はロベールですが――との遭遇と、彼の奇妙な振る舞いのことを教えてくれました。

私は謎を解く手がかりを探そうと、夜になると庭で待ち伏せし、ロベールが共犯者のもとへ赴くのを目撃したのです。私はてっきりジャックだと思いました。そして、絶対に怪しいとにらんで塔に忍び込み、実に奇妙な場面を見たのです。あまりに奇妙だったので、この館の親子は気が狂っているのではないかとしばらく疑いました。ケルヴァレクと訪問者は実際、まったく脈絡のない支離滅裂な会話をしていました。たとえば、十回も繰り返して『どうぞお先に』、『無理を言っちゃいけませんね』とか、あるいは『こんなことで僕が喜ぶと思っているのかい?』と言っていました。今となっては、そのばかげた会話の意味が簡単にわかります。ロベールは練習していたのです。あの悪党はジャックが好む言い回し、よく使う儀礼的な決まり文句、お得意の引用を繰り返し、ご立派な相棒が正確な口調で言い直していたのです。そうした訓練の回数はかなりに上ったに違いありません。だって、ロベールは完璧に役柄を演じなければなりませんからね。

そして、若いペテン師が完璧に真似てみせると、二人の賊は満足して腹の底から笑いました。不吉な芝居に慣れるため、早くもケルヴァレクは相方をジャックと呼び、彼のほうは相手をパパと呼んでいました」

喉がかれて、ブリュネルはまた言葉を切った。瓶のヴィシー水を飲み干して、続ける。

「翌日の夜、また庭で見張ったのですが、雷雨のため、やむを得ず館の中へ戻りました。たいしたことだとは思えなかったものの、寝室のドアの陰で身構えて、辛抱強くジャックが出てくるのを待ちました。待ちぼうけでした。それもそのはずです。その同じ夜、きっと何かおかしなことに気づいたのでしょう、イヴォンが館の周りを見て回りました」そう話すブリュネルは、アネットと目が合わないようにしている。

「イヴォンは二人の悪党と出くわし、彼らの秘密を見破ったのです。そのせいで彼は命を落とすことになりました。ロベールはイヴォンの胸を短剣で一突きし、邪魔者を消します。そして、共犯者の助けを借りて岩場へ運び、波がさらってくれるだろうと期待しました。この最初の殺人によって、事件はのっぴきならない局面に入ります。ロベールは試合前の選手のように万全の態勢を整えています。さあ、ゴングが鳴りました。悪党どもが攻撃に出ます。

実際、それ以上待つのは危険でした。まず、ケロートレ伯爵はもう息を引き取っているだろうから、相続の通知がいつ館に届いてもおかしくありません。そのうえ、イヴォンの失踪によって警察の目が〈震える石〉に向けられるのは必至で、そうなればジャックを殺すのはほぼ不可能になります。したがって、捜査が始まる前にすり替えを行わなければなりません。つまり犯罪の実行です。

われわれが気の毒なイヴォンの捜索で分散した際、ケルヴァレクはジャックの近くにいるようにしました。そして、われわれが十分に遠くまで行ったことを見てとると、何か理由をつけて息子を館へ戻らせたのです。館には黒ずくめの男が待っていました。襲撃はジャックの部屋で行われました。不意をつかれ、負傷したにもかかわらず、ジャックはしぶとく犯人に抵抗しました。とうとう力尽きましたが、室内には彼の壮烈な反撃の痕跡が残されていました。

そして、犯人は犠牲者を運び出しました。館を出る際、通り道に血を滴らせ、われわれは後でそれに気づくことになります。ジャックをオートバイのサイドカーに横たえて雑木林の中に隠すと、彼の部屋へ取って返しました。事件の痕跡を急いで消さなくてはいけません。犯罪があったことを疑わせる痕跡を拭い去ったら、ロベールは異母弟を始末するつもりでした。そしてジャックになりすますのです。ロベールの大舞台が始まります。

悪党は、作業時間はたっぷりあると踏んでいました。われわれが甲斐のない捜索をできるかぎり続け、イヴォンを見つけるまでは戻ろうとしないことを知っていたからです。イヴォンが波にさらわれたとばかり思い込み、夜になる前にわれわれが帰る心配はないと踏んでいたのです。だから、私がイヴォンを担いでアネットと庭に入ってくるのを見たときは、どんなに驚き、おののいたことでしょう。

まさにそのとき、イヴォンが意識を取り戻しました。目を開いて、窓辺の男を見たイヴォンは、二人のジャックが存在することを知っていましたから、たちまち違いに気づきます。われわれは違いを探そうとしないから、気づきません。よく知っている人間を見ているつもりで犯人を見るので違いが見えないのです。賊を見破ったイヴォンは、襲撃があったのだと気づきます。犯人が主人の代わりにいるということは、主人が拉致され、たとえまだ命があるとしても、これから殺されるということだと見抜いたのです。それで、忠実な若者は最後の力を振り絞り、警告してくれました。『ジャック様を……助けて。あいつに殺される』

続きは説明するまでもないでしょう。私が走ってくるのを見て、犯人は動転しました。イヴォンが息を引き取る間際に真実を明かし、自分の正体がばれたと思ったのです。私が館の中に入るやいなや、奴は窓から飛び降りました。もう逃げることしか頭になく、オートバイへ急ぎました……。そのオートバイもすぐに乗り捨てましたが」

ブリュネルは笑い出す。

「いやはや！　階段にどうやって跡がついたのか、怪我人をいったいどうやって拉致したのか、私は頭を悩ませましたよ！」

ブリュネルは天井を仰いで続ける。

「忌まわしい計略の顚末を目の当たりにして、ケルヴァレクがどれほど悔しがったことか。だが、古狸はすぐに安堵しました。イヴォンがしゃべらなかったからです。ジャックについては、容態からは襲われた正確な時間はわかりません。時間が特定されれば、誘拐がたちまちばれて、すべてが明るみに出てしまいますが。そうだ、失われたものは何もない！

……それから、検察が介入します。まあ、間接的にではありますが、そのおかげでわれわれは勝利したのです。

〈震える石〉の事件が公になり、この事件に新聞が飛びつきました。ロキレックで、ある実直な女性が館に起きた悲劇のことを知ります。その館では二十年ほど前にいくつもの悲劇が起き、彼女はそれを知っている数少ない人間の一人だったのです。今回の事件とそれらの出来事には関係があるに違いないと思ったマリー・カルヴェスは、〈震える石〉の秘密を暴くのが自分の義務だと感じました。

だが、誰に話せばいい？　検察？

素朴な女性ですから、司法に関わる大きな役所はおそれ多く感じられました。新聞でニコル医師と私が関わっていることを知り、この二人なら打ち明けてもよさそうに思われました。ただ、ケルヴァレクは油断がならないと考えました。それで、先生と私にそれぞれ手紙を書いたのです。賢い用心でした。私宛ての手紙は私の手には届かず、悪党に盗まれましたから。奴は消印を見て不安になったのです。

悪党はさっそく何らかの合図を使って共犯者を呼び寄せます。ロベールは素早く行動しました。館の車を故障させ、新しいオートバイに乗り、ロキレックへ向かいます。それで、われわれも車を飛ばしたのです。

幸い暗殺者の腕は頼りなく、一撃で老女の息の根を止められませんでした。それで、マリーばあさんが虫の息で私に話をかいつまんでしてくれ、それを先ほど皆さんにお話ししたというわけです。

〈震える石〉へ戻る道すがら、私は事件全体を再構築してみました。真相を突き止め、犯人がわかったと確信しました。ただ残念ながら、証拠を欠いていました。整然たる推理以外に、過去のメロドラマと現在の犯罪を関係づけるものはないだろうか？　ロベールをどこで見つけるか？どうやってケルヴァレク伯爵の化けの皮をはぐのか？　方法はただ一つ。悪党二人に行動を起こさせ、現場を取り押さえるのです。

あとの話は手短にしましょう。

犯人たちが早くすり替えを実行したがっているのは明らかです。ジャックは順調に快方へ向かい、もうすぐ話せるだろうとニコル先生も太鼓判を押しています。ジャックが負った傷のせいで、忌まわしいすり替えが一時はできなくなっていましたが、もう傷跡はほぼ消えています。何しろ怪我人は正常な状態ではないので、奇妙な点は容態のせいにできるから、ロベールが彼になりすますには好都合です。殺人者たちは機会があればすぐに飛びつくはずです。つまり〈震える石〉の住人を遠ざけられる機会です。

それで、私はパリの友人を通じて、先ほどの電報をドゥニーズに宛てて打たせたのです！　その時点では私が彼女を送って行くふりをしようと思っていました。ニコル先生とアネットを遠ざけるためのもっともらしい口実も考えてありました。

しかし、ちょっとした事故により、その計画を変更することになります。

先に館へ着いていたロベールは、もうご存じのとおり、われわれを驚かせようと準備していました。今回ばかりは、石が震えるだけでは済みませんでした。でも、奇跡的に、先生にも私にも当たらなかったのです。ミルザがあいつらの最後の犠牲者となりました。

私はすぐに、この危機を逆手に取るうまい方法を思いつきました。私が館に留まるにもかかわらず、奴らの計画には影響が及ばない方法です。それで、哀れな犬の血まみれの死骸を顔にこすりつけ、ニコル先生に最初の指示をしました。少し後で、先生が手当をしてくれている間……と言っても、実は手当は必要なかったのですが、ドゥニーズへのメモを走り書きしました。そうやって、皆さんが今夜の余興に参加できるよう手はずを整えたのです」

第十九章　嵐の後

窓のカーテンがすみれ色に、それからばら色に染まった。庭園は鳥たちのさえずりに満ちている。夜明けだ。

ブリュネルが話し終えても、誰一人として口を開かない。

館の主は、相変わらず身じろぎ一つせずに両手に顔を埋めている。ドゥニーズとアネットは魅入られたかのように彼の顔を見つめているが、眼差しに表れていた驚きは、少しずつ嫌悪に変わっていった。

ニコル医師はいまだに呆然として放心状態のまま首を振っている。

ジャックの息が浅くなり、目覚めが近そうだ。

ケルヴァレクが不意に立ち上がる。機械仕掛けの人形のように居間を通り抜けると、玄関へ向かう。

二人の若い娘と医師の目が心配そうにブリュネルのほうへ向けられる。だが、探偵は動かない。たった今正体を暴いた犯人のほうを見ようともしない。

ケルヴァレクは戸口で振り返る。戸惑ったような視線が素早く室内を横切り、最後にベッドの上に注がれた。

するとと悪人の顔が苦しげにゆがみ、ますますぼんやりした目つきになった。だが、すぐに向き直って出て行き、背後でドアを閉めた。

ニコル医師が跳び上る。

「なんと！　逃がすのですか？」

答えはない。

医師は相手をじっと見る。驚いたことに、ブリュネルの表情はすっかり変わっていた。

探偵は両手の指をよじり合わせている。顎をきつく嚙み締めている。極度の緊張が体全体から伝わってくる。

大時計が三十分を告げる。

ブリュネルは文字盤を見つめ、目で長針の動きを追う。

（まるで何かを待っているようじゃ）と医師は思った。

そして、友人が何を考えているのか気づくと声を上げ、彼の苦悩に満ちた顔を不安げに見た。

近くで耳を聾する銃声が響いた。

ブリュネルは動じない。だが、一気に緊張が解けた表情になった。

「やっぱり！」ニコル医師がつぶやく。

若い娘たちは叫び声を上げ、ブリュネルに駆け寄ってしがみつく。

「もう怖がらなくても大丈夫だ。〈震える石〉の悲劇は幕を閉じたよ」

ブリュネルはニコル医師について来るよう合図し、居間を出る。

二人は急いで塔へ向かう。入り口の扉は半開きだった。中へ入る。

ケルヴァレク伯爵は床に横たわり、両腕を胸の上に載せている。右手にリボルバーが握られていた。こめかみから赤黒い液体が一筋、流れ出る。

医師が死体の脇に膝をつき、体を少し持ち上げて、探偵の無言の問いにうなずいて答える。

探偵は部屋の中央に置かれた大きな机に近づく。真ん中に一枚の紙片が置かれているのが目につく。

ブリュネルはそれを読んだ。

「私の死については誰も責めないでほしい。自らの意志であり……」

医師は立ち上がって、探偵の肩越しに紙片を眺める。

ニコル医師が手をブリュネルの手に重ね、強く握った。

「君が正しかった……。このほうがよかった」

ブリュネルが老医師の手を握り返し、二人は長い間そのまま無言でいた。

「さあ行きましょうか、先生」

ゆっくりと塔を後にする。

「警察には早く知らせたほうがいいじゃろう」館の入り口で立ち止まり、医師が言う。「家へひとっ走りして電話してくるよ」

「お願いしようと思っていました」

気のいい老人は腕を組む。

「いやはや！　一時間後には判事や刑事からあれこれ訊かれ、これから何週間もそれが続くと思うと、うんざりじゃ！　一足飛びに半年先になってほしいくらいじゃよ、その分だけ年をとるにしても」

「私は先生よりも大変ですよ！……最悪の仕事が残っている気分です」

「ああ！　最悪じゃな」

医師はうっすらと微笑む。男たちは最後にもう一度、固く長い握手をし、ニコル医師は物思いに耽りながら遠ざかっていく。

探偵は医師の姿が見えなくなるまで見送り、フッと息をついて館の中へ戻った。

「どうでしたか？」娘たちが声を揃えて尋ねる。

「彼は自分で片をつけました」ブリュネルが低い声で言う。

ドゥニーズは弾かれたようにベッドの脇に跪き、つぶやく。

「かわいそうなジャック！」

探偵は眠っているジャックの上に身を屈め、彼の手を取った。それから、ドゥニーズの手を取り、ジャックの手に重ねる。

「もうよくなる頃だ」

そして、抑えきれない感情をにじませながら言った。

「ジャックを遠いところへ連れて行っておあげなさい、ドゥニーズ。彼はあなたを愛しているから……。辛い思い出は忘れるだろう」

ドゥニーズはうなずき、涙をまつ毛の間にためた。

ブリュネルは無理に笑う。

「それから、二千万フランのことを忘れてはいけませんよ。愛と財産、そして幸福に恵まれるというわけですね！」

ジャックの手を離し、ドゥニーズがブリュネルの首に飛びついた。

「それもあなたのお陰ですわ」

探偵は優しく彼女の体を離し、再びベッドの脇へ連れて行く。

「ほら！　もう二度と彼のもとを離れたくないでしょう」

ジャックが目を開く。婚約者を見て、両腕を伸ばす。

ブリュネルはさりげなく後ろを向いてアネットのほうへ行く。アネットは離れたところに座り、若い恋人たちのうるわしい場面を淋しそうに眺めている。

唇に同情の言葉がこみ上げてきたが、それを口にしないうちにアネットがきっぱりと言った。

「私も幸せですわ。仇を討ったんですもの」

アネットは立ち上がる。語尾を長く震わせ、もう一度言った。

「仇を討ったわ！」

二人は居間を後にするが、恋人たちはそれに気づきもしない。ブリュネルとアネットは庭園へ出た。

薄い靄を払うように日が昇る。日中は暑くなるだろう。暗緑色の無数の松の葉を通し、夜明けの太陽が水平な光線を投げかける。

アネットが敢然と塔へ向かう。

「何をしに行くんだい？」

彼女は半開きの扉を指さす。もう動かない二本の脚が見える。

「何って！……死んだ人を一人きりにしてはおけません」と当然のように言った。

そして、十字を切って中へ入って行った。

ブリュネルはあっけにとられ、しばらくその場に立ちすくんだ。それから肩をすくめて立ち去った。

足を速めて館の裏へ回り、裏門に直行する。海岸沿いの遊歩道へ向かうのだ。

歩きながら両腕を前に突き出し、つきまとう幻を追い払うかのように振り回した。

裏門まで来ると、しばし立ち止まった。眺めの美しさに打たれたのだ。まるで初めて見る景色のような気がする。

今、海は静まり、見渡すかぎり薄い緑色で、東に一カ所だけ銀色の部分が光を反射しながら広がりつつあった。はるか彼方に帆が一つ滑るように動き、海面をかすって餌をさらう鳥のように見える。

アンドレ・ブリュネルは岩のいちばん端まで進んだ。

そして、まだ湿っている岩の上に腹這いになり、肘をついて両手の上に顎を載せ、海を眺め始めた。

訳者あとがき

本書はフランスの推理小説作家、ピエール・ボアローのデビュー作"La Pierre qui tremble"(一九三四年)の全訳である。

La Pierre qui tremble(1946,ÉDITIONS DES MARCHENELLES)のカバー(右)と同書の表紙(左)

訳出には、エディシオン・デ・マルシュネル(ÉDITIONS DES MARCHENELLES)社の「私立探偵文庫(POLICE-PRIVÉE BIBLIOTHÈQUE)」(一九四六年版)を底本とした。この底本はペーパーバックで、表紙と各章末に入れられた挿絵から、当時の大衆向け小説の雰囲気が伝わってくる。

主な舞台はブルターニュ地方のある伯爵家の城館。伯爵の一人息子、ジャックの婚約者ドゥニーズが列車内で暴漢に襲われ、たまたまそれを目撃した私立探偵アンドレ・ブリュネルが彼女を助ける。この事件を皮切りに、館では次々と奇怪な事件が起こり、ブリュネルは神出鬼没の犯人に翻弄されながらも、最後には見事に事件を解決する。

終盤まで謎は深まるばかりだが、ブリュネルの鮮やかな推理によって一気に解明され、最終的に悪人は報いを受け、善人は幸せになる。謎解きの妙に、ブルターニュ地方の自然と風景の描写、ジャックとドゥニーズの初々しさと可憐さが花を添え、後味の良い娯楽作品に仕上がっている。一九三四年の刊行当時には、現代の私たちがテレビで二時間ドラマを観るような感覚で読まれたのかもしれない。

■作者について

ピエール・ボアロー（Pierre Boileau）［「ボワロー」とも表記される］は一九〇六年、パリ生まれ。幼年時代からファントマ（ピエール・スーヴェストル&マルセル・アラン作）、アルセーヌ・ルパン（モーリス・ルブラン作）、シャーロック・ホームズ（コナン・ドイル作）、ルルタビーユ（ガストン・ルルー作）などの推理・冒険小説に親しむ。商業学校を卒業後、さまざまな職に就きながら短編や中編を書き、雑誌に投稿した。実力を認められ、一九三四年に本作『震える石』でデビューし、以後、続々と作品を発表。一九三八年に『三つの消失』で冒険小説大賞を受賞する。

密室トリックを得意とし、本作のほか、代表作『三つの消失』『殺人者なき六つの殺人』などで私立探偵アンドレ・ブリュネルを登場させた。

一九四八年、『死者は旅行中』で冒険小説大賞を受賞したトマ・ナルスジャック（一九〇八〜一九九八）と同賞の記念パーティーで初めて会ったことから、ボアローに転機が訪れる。かねてから文通を重ねていた二人は意気投合し、ボアロー&ナルスジャックの名で合作を生み出していった。

ナルスジャックとのコンビ結成後の作品にはアンドレ・ブリュネル探偵は登場しない。ボアロー単独作品は密室トリックを中心とし、謎解きの面白さで読ませる推理小説だった。いっぽう、合作は細かい心理描写を盛り込んだサスペンス・推理小説で、登場人物の心が恐怖にむしばまれていく様子などが綿密に描かれている。ナルスジャックはあるインタビューで「探偵が登場すると、ドラマが知性にしか訴えなくなり、感動させるのをやめる」と述べたという。ボアローが私立探偵ブリュネルと決別したのは、パートナーのこのような考えに賛同し、より文学的な作品を目指したからだろうか。

ボアロー&ナルスジャックの作品には映像化されたものも多く、映画では『悪魔のような女』(アンリ＝ジョルジュ・クルーゾー監督、一九五五年／ジェレマイア・S・チェチック監督、一九九六年)、『めまい』(アルフレッド・ヒッチコック監督、一九五八年)が有名だ。『めまい』の原作『死者の中から』は「ロマン・ポリシエ［推理・探偵小説］の頂点に位置する作品と見なされている」(『ミステリ文学』アンドレ・ヴァノンシニ著、太田浩一訳、白水社〈文庫クセジュ〉、二〇一二年、［］内筆者補註)という。

二人は一九七〇年代にモーリス・ルブランの遺族から許可を得て、「アルセーヌ・ルパン」のペンネームで(後にはボアロー&ナルスジャックの名で)ルパン冒険譚のパスティーシュ作品を複数発表した。子供向けの推理小説シリーズ、理論書、評論も発表している。

ピエール・ボアローは一九八九年、ボーリュー＝シュール＝メールで死去した。

■私立探偵アンドレ・ブリュネル

本作はボアローのデビュー作であると共に、私立探偵アンドレ・ブリュネルの初登場作品でもある。探偵は物語の冒頭から結末までほぼ出ずっぱりで活躍するが、その割には、彼の容姿に関する描写は少ない。「かなり長身でがっしりして、髪の毛は濃い褐色、三十歳くらい」（第五章）とあるだけだ。他の作品では、アンドレ・ブリュネルはこんなふうに描かれている。

探偵は三十歳ぐらいに見えた。広く、いくらか出た額、意志の強そうな顎をしており、きわめて力強い顔は、念入りにまわりにかみそりをあてたうすい唇にしばしば浮かべる皮肉な微笑がなければ、厳しく見えるほどであった。彼の目はことに人を驚かした。黒く奥深い目で、しばしば視線が心のうちに向いているかのようにぼんやりした表情を浮かべていたが、突然、あるジャーナリストの表現を借りれば、小立像の形をした終夜灯の目を連想させる、ほとんど異常とも思える光を帯びてくるのであった。

（佐々木善郎訳『死のランデブー』、読売新聞社、一九八六年）

本作の第六章で、ブリュネルの所望によりドゥニーズがピアノでバッハのフーガを演奏する。『殺人者なき六つの殺人』（一九三九年）では、ブリュネルは自宅で「夢の箱」と自慢する蓄音機に新発売のレコード「メニューヒンとエネスコのバッハの二重奏」と「ショパンの第五番エチュード、ブライロフスキーの演奏」をかけ、友人と鑑賞する。かなりのクラシック音楽通のようだ。

アンドレ・ブリュネルは、精悍な外見、明晰な頭脳、鍛え抜かれた肉体を持ち、沈着冷静だが、事件解決に情熱を燃やす熱血漢でもある。芸術を愛する教養人で、女性に対してはきわめて紳士的だ。私立探偵としてすでにかなりの有名人であるが、素朴な自然と孤独を愛し、毎年、夏にはブルターニュの島で一カ月のヴァカンスをとる。独り言が癖で、かなりせっかちな面もある。

ペーパーバック叢書〈POLICE-PRIVÉE BIBLIOTHÈQUE〉に描かれたアンドレ・ブリュネル（画家不明）

本作はまさにブリュネルが主人公だが、ブリュネル・シリーズのおそらく最後の作品『死のランデブー』では、事件にたまたま巻き込まれた若者を中心として物語が展開し、ブリュネルは途中から登場して、最後に鮮やかに事件を解決する。また、本作ではブリュネルはいわば一匹狼の探偵として活動しているが、『殺人者なき六つの殺人』には、ブリュネル宅で家事全般を取り仕切る「忠実な召し使いプロスペル」と、シャーロック・ホームズ・シリーズのワトソンよろしくストーリーの語り手となる友人が登場している。アンドレ・ブリュネル・シリーズを書き続けるなか、ボアローは探偵の身辺の状況や語りのスタイルを少しずつ変えて、さまざまな試みをしたようだ。

本作では、この颯爽としたヒーローの八面六臂の大活躍を楽しんでいただければ幸いである。

■『震える石』の舞台と風物

本作の舞台、ブルターニュ半島はフランス西部に位置し、イギリス海峡と大西洋に挟まれている。三〜五世紀頃（時期については諸説ある）より、ブリテン島から渡ってきたケルト人が定住し、九世紀にはブルターニュ王国が築かれ、のちにブルターニュ公国となって独立を保っていたが、一五三二年にフランスに併合された。先住民が残した巨石文化の遺跡もあり、独特の文化と言語を有する。

ブルターニュの海岸は、崖やリアス式の入り組んだ地形が多い。〈震える石〉の館の裏手はすぐ海岸という設定で、荒々しい自然が物語の中で効果的に描かれている。

「海の国」であると同時に「森の国」でもあるブルターニュは、豊かな自然と過ごしやすい気候に恵まれ、避暑地、避寒地ともなっている。本書でも、ドゥニーズは毎年、夏のヴァカンスを過ごすためにパリからこの地にやって来る。作者ボアローはモンマルトル生まれの生粋のパリジャンだったらしいが、ブルターニュに何か惹かれるものを感じて処女長編の舞台にしたのだろうか。

物語のいわば隠し味になっているこの地方の風景と風物や、印象的だった事物について、簡単に解説してみたい。

登場する地名（巻頭地図参照）

1．レンヌ……ブルターニュ地方の中心都市で、かつてのブルターニュ公国の首都。

2．ブレスト……ブルターニュ半島のほぼ西端に位置する港湾都市。フランス最大の軍港であり、世界最古の自転車レース、パリーブレストの折り返し点としても知られる。所在する県の名、フィニステールは「地の果て」を意味する。

3. ウェッサン島……ブルターニュ半島西端の沖合約二十キロメートルにある、東西約八キロメートル、南北約四キロメートルの島。第一、二章でも触れられているように、小型の黒い羊の原産地、船乗りの多い島としても知られる。フランスの北西端に位置し、まさに「地の果て」の島と言える。

4. モルレ［「モルレー」とも表記される］……第一四章でブリュネルとニコル医師がロキレックへ急ぐ途中で通る都市。言及されている高架橋は一八六一〜一八六四年にかけて建設された石組みの鉄道高架橋で、長さ二百九十二メートル、高さ五十八メートル。現在は高速列車TGVがその上を走行する。

5. ラベールヴラック、ロキレック……いずれも海沿いにあり、かなり詳細な地図にしか載っていない小さな集落。

ブルトン人

独自の言語、文化、習慣を受け継いできたブルターニュの人々は、自らをブルトン人と呼ぶ。〈震える石〉で働くイヴォンも「ブルトン人」（第六章）と記されている。女中のアネット、市に集まった女性たち、ロキレックの女性たちが被っている白い頭巾（コワッフ（coiffe））はブルトン人の民族衣装に欠かせないものだ。ポール・ゴーギャンの絵画「四人のブルターニュの女の踊り（四人のブルターニュの婦人）」や「説教のあとの幻影（ヤコブと天使の闘い）」などにも描かれている。ゴーギャンは南太平洋のタヒチへ渡ったことがよく知られているが、原始的な自然や風俗に惹かれてブルターニュ地方に滞在していた時期もあった。

ブルトン語

ブレスト港でウェッサン島行きの船が遠ざかるのを見ながらブリュネルが言う「ケナーヴォ」（第二章）は「さようなら」を意味するブルトン語だ。同じ意味のフランス語「オールヴォワール」とは似ても似つかないことからもわかるように、ブルトン語は、ラテン語から派生したフランス語とはまったく別系統の言語で、ケルト語の流れを汲む。そのため、フランス語の方言ではなく「地域言語」と位置づけられる。多くの地域言語と同様に、ブルトン語も話者が減少しており、ユネスコにより「著しい危機に瀕している」言語とされているが、フランス語とのバイリンガル教育などの取り組みも進められているようだ。

キリストの磔刑像

第十四章で、ブリュネルの猛スピードの運転に恐れをなしたニコル医師が、交差点で死亡事故を悼むキリスト磔刑像の十字架に目をやる。教会の敷地、広場、交差点などに建てられた石の磔刑像は「カルヴェール（calvaire）」と呼ばれ、ブルターニュ地方の風景の特徴の一つともなっている。大規模なカルヴェールは、十字架にはりつけにされたキリストのほかに何十人もの人物が刻まれた石像で、彫刻群と呼ぶのがふさわしい。

箱形寝台

ロキレックのマリー・カルヴェス宅は「典型的なブルターニュ風」で「家具が隙間なく置かれ」、「箱形寝台」があると述べられている（第十四章）。

ブルターニュの伝統的家屋は一間きりで、家族全員が同じ部屋で過ごしたという。マリー・カルヴェス宅も、すべての家財道具が同じ部屋に置かれていたようだ。箱形寝台はフランス語ではリ・クロ（lit clos）（閉じられたベッド）と呼ばれ、ブルトン（breton）（ブルターニュの）という形容詞がつけられることも多い。辞書によって「戸棚寝台」や「扉付き寝台」などの訳語も見られる。観音開きの扉のついた、戸棚か洋箪笥のような外見で内部がベッドになっている家具だ。一間のみの住まいにささやかな私的空間を作り、冬には暖かいという利点がある。

イギリスのエミリー・ブロンテ作『嵐が丘』にも、オーク製の箱形寝台が登場する（第三章）。英語ではボックス（box）・ベッド（bed）などと呼ばれるようだ。

サボ

木靴といえばオランダを連想するかもしれないが、木製の靴はヨーロッパ各地で履かれてきた。ぬかるみを歩くのに重宝で、保温性が高い。フランスでは「サボ（sabot）」と呼ばれ、農民の履く靴というイメージがある。本作でも木靴を履くのは館の使用人であるイヴォンだ。

エスパドリーユ

庭園での散歩（第四章）や海岸での捜索（第十一章）の際、館の住人たちはエスパドリーユを履く。夏のファッションに欠かせないカラフルな布靴として日本でも定着しているエスパドリーユは、元来は実用的な縄底の布靴で、ピレネー地方で生まれ、スペインやフランスの温暖な地方で、日常生活のあらゆる場面で男女を問わず履かれていたという。本作でも、気軽に突っかける靴、岩場を歩く際に滑りにくく濡れてもいい靴として履かれている。現在フランスで販売されるエスパドリーユの多くは、ジュート（黄麻）の産地であるインドとバングラデシュからの輸入品である。

藤

マリー・カルヴェスの小さな平屋は「藤棚に隠れるように建っている」（第十四章）。

藤は日本的な花、と何となく思い込んでいたが、フランスでもよく見られるようだ。石造りの壁に沿って咲き乱れる藤の花房は、フランスの風景にもしっくりとなじんで見える。マリー・カルヴェスのつましい住まいも、毎年、初夏には薄紫色の花で美しく彩られたのだろう。

画家のクロード・モネはジヴェルニーの庭に日本風の橋を架け、橋の上に藤棚を配した。モネにとって、藤は見慣れた花だったのだろうか、それとも、遠い東洋の国を思わす花だったのだろうか。

自動車

第十五章では自動車の上に大きな石が落ちて、乗っていた犬を直撃する。車は大破したのかと思いきや、「主な装置は被害を免れて」おり、「幌を立て直」してまた走り出す。ニコル医師のこの自動車は、屋根のないカブリオレ（オープンカー）だったようだ。

初期の自動車はエンジン出力が大きくなかったため、車体をできるだけ軽くするために屋根がなかったそうだ。本作が書かれた一九三〇年代はヨーロッパでも自動車が普及してきた時代だが、このように幌で覆う自動車も珍しくなかったのだろう。

日没時間と緯度

第三章に「ドゥニーズが寝室に引き上げたときはまだ日が高かった」というくだりがある。時刻は午後九時前後だったのではないだろうか。

フランスは緯度が高く、夏期はサマータイムが実施されることもあり、六月には午後十時頃まで日が暮れない。ラベールヴラックの緯度はパリとほぼ同じで北緯四十八度。日本最北端で北緯四十五度の宗谷岬よりもさらに北に位置することになる。ちなみに、温暖な南仏のマルセイユと札幌市の緯度がほぼ同じ北緯四十三度である。

本書の訳出とあとがきの執筆にあたり、『怪盗対名探偵—フランス・ミステリーの歴史』（松村喜雄著、晶文社、一九八五年）、『大密室―幻の探偵小説コレクション』（松村喜雄訳、晶文社、一九八八年）、『死のランデブー』（佐々木善郎訳、読売新聞社、一九八六年）、『殺人者なき六つの殺人』（松村喜雄訳、講談社、一九八五年）、『影の顔』（三輪秀彦訳、早川書房、一九五八年）、『めまい』（太田浩一訳、パロル舎、二〇〇〇年）ほかを参考にさせていただいた。

いつもながら訳者の疑問、質問に快く答えてくださったアンドレ＝ポール・イテルさん、本書を訳す機会を与えてくださり、資料提供その他でたいへんお世話になった論創社の黒田明さんに、心よりお礼を申し上げます。どうもありがとうございました。

二〇一六年九月

佐藤絵里

■ピエール・ボアロー　アンドレ・ブリュネル探偵シリーズ一覧

『震える石（La Pierre qui tremble）』（一九三四年）
『深夜の散歩（La Promenade de minuit）』（一九三四年）
『三つの消失（Le Repos de Bacchus）』（一九三八年）［松村喜雄訳、『大密室：幻の探偵小説コレクション』所収、晶文社、一九八八年］
『殺人者なき六つの殺人（Six crimes sans assassin）』（一九三九年）［松村喜雄訳、講談社、一九八五年］
『三人のルンペン（Les Trois clochards）』（一九三九年）
『殺人者は素手で襲う（L'Assassin vient les mains vides）』（一九四五年）
『死のランデブー（Les Rendez-vous de Passy）』（一九五〇年）［佐々木善郎訳、読売新聞社、一九八六年］

■ボアロー＆ナルスジャック　主要邦訳書一覧

〈ノン・シリーズ〉
『悪魔のような女（Celle qui n'était plus）』（一九五二年）［北村太郎訳、早川書房、一九五五年］
『影の顔（Les Visages de l'ombre）』（一九五三年）［三輪秀彦訳、早川書房、一九五八年］

『死者の中から(D'entre les morts〔後に映画『めまい』のフランス語タイトルに合わせ、Sueurs froides(冷や汗)と改題〕)』(一九五四年)〔日影丈吉訳、早川書房、一九五八年。別題『めまい』(太田浩一訳、パロル舎、二〇〇〇年)〕

『牝狼(Les Louves)』(一九五五年)〔岡田真吉訳、東京創元社、一九五七年〕

『魔性の眼(Le Mauvais œil, Au bois dormant)』(一九五六年)〔秋山晴夫訳、早川書房、一九五六年〕

『女魔術師(Les Magiciennes)』(一九五七年)〔江口清訳、一九六一年、東京創元社〕

『技師は数字を愛しすぎた(L'Ingénieur aimait trop les chiffres)』(一九五九年)〔大久保和郎訳、東京創元社、一九六〇年〕

『思い乱れて(À Cœur perdu)』(一九五九年)〔大久保和郎訳、東京創元社、一九五九年〕

『呪い(Maléfices)』(一九六一年)〔大久保和郎訳、東京創元社、一九六三年〕

『仮面の男(Maldonne)』(一九六二年)〔井上勇訳、東京創元社、一九六七年〕

『犠牲者たち(Les Victimes)』(一九六四年)〔石川湧訳、東京創元社、一九六七年〕

『私のすべては一人の男(…Et mon tout est un homme)』(一九六五年)〔中村真一郎訳、早川書房、一九六七年〕

『青列車は13回停る(Le Train bleu s'arrête treize fois)』(一九六六年)〔北村良三訳、早川書房、一九六八年〕

『死はいった、おそらく……(La Mort a dit: Peut-être)』(一九六七年)〔大友徳明訳、早川書房、

一九七一年〕
『海の門（La Porte du large）』（一九六九年）〔荒川比呂志訳、早川書房、一九七四年〕
『島（Delirium, L'Île）』（一九六九年）〔山根和郎訳、早川書房、一九七一年〕
『嫉妬（Les Veufs）』（一九七〇年）〔谷亀利一訳、早川書房、一九七四年〕
『ちゃっかり女（Manigances）』（一九七二年）〔日影丈吉訳、早川書房、一九七五年〕
『砕け散った泡（La Vie en miettes）』（一九七二年）〔荒川比呂志訳、早川書房、一九七四年〕
『殺人はバカンスに（Opération primevère）』（一九七三年）〔荒川浩充訳、早川書房、一九七五年〕
『わが兄弟、ユダ（Frère Judas）』（一九七四年）〔佐々木善郎訳、早川書房、一九七九年〕
『すりかわった女（La Tenaille）』（一九七五年）〔荒川浩充訳、早川書房、一九七八年〕
『ひそむ罠（La Lèpre）』（一九七六年）〔伊東守男訳、早川書房、一九八二年〕
『野獣世代（L'Âge bête）』（一九七八年）〔伊東守男訳、早川書房、一九八二年〕
『銀のカード（Carte vermeil）』（一九七九年）〔岡田正子訳、早川書房、一九八〇年〕

〈少年探偵サン・ザトゥ・シリーズ〉
『幻の馬―少年探偵サン・ザトゥ（Sans Atout et le cheval fantôme）』（一九七一年）〔榊原裕子訳、偕成社、一九九五年〕
『うしなわれた過去（La Vengeance de la mouche）』（一九九〇年）〔榊原裕子訳、偕成社、一九九六年」他。

〈アルセーヌ・ルパンのパスティーシュ〉

『ウネルヴィル城館の秘密（Le Secret d'Eunerville）』（一九七三年）［榊原晃三訳、新潮社、一九七四年。別題『悪魔のダイヤ』南洋一郎訳、ポプラ社〈怪盗ルパン全集26〉、一九七四年］
※アルセーヌ・ルパン名義
『バルカンの火薬庫（La Poudrière）』［榊原晃三訳、新潮社、一九七五年。別題『ルパンと時限爆弾』南洋一郎訳、ポプラ社〈怪盗ルパン全集27〉、一九七四年］ ※アルセーヌ・ルパン名義
『アルセーヌ・ルパンの第二の顔（Le Second visage d'Arsène Lupin）』（一九七五年）［榊原晃三訳、新潮社、一九七六年。別題『ルパン二つの顔』南洋一郎訳、ポプラ社〈怪盗ルパン全集28〉、一九七六年］ ※アルセーヌ・ルパン名義
『ルパン、１００億フランの炎（La Justice d'Arsène Lupin）』（一九七七年）［谷亀利一訳、サンリオ、一九七九年。別題『ルパンと殺人魔』南洋一郎訳、ポプラ社〈怪盗ルパン全集29〉、一九七九年］
『ルパン危機一髪（Le Serment d'Arsène Lupin）』（一九七九年）［南洋一郎訳、ポプラ社〈怪盗ルパン全集30〉、一九八〇年］

〈評論〉

『推理小説論 恐怖と理性の弁証法（Le Roman policier）』（一九六四年）〔寺門泰彦訳、紀伊國屋書店、一九六七年〕

『探偵小説（Le Roman policier）』（一九七四年）〔篠田勝英訳、白水社、一九七七年〕

〈リスト作成・佐藤絵里〉

〔訳者〕

佐藤絵里（さとう・えり）

東京外国語大学外国語学部フランス語学科卒業。英語、フランス語の翻訳を手がける。訳書に『最新 世界情勢地図』（ディスカヴァー・トゥエンティワン）、『紺碧海岸のメグレ』（論創社）、『フォトグラフィー 世界の香水：神話になった65の名作』（原書房）、『シリアル・キラーズ・クラブ』（柏艪舎）など。

震える石（ふるえるいし）

——論創海外ミステリ 184

2016年11月25日 初版第1刷印刷
2016年11月30日 初版第1刷発行

著 者 ピエール・ボアロー
訳 者 佐藤絵里
装 画 佐久間真人
装 丁 宗利淳一
発行所 論 創 社
〒101-0051 東京都千代田区神田神保町2-23 北井ビル
電話 03-3264-5254 振替口座 00160-1-155266

印刷・製本 中央精版印刷
組版 フレックスアート

ISBN978-4-8460-1567-1